Iain Finlay Macleod is a playwright, screenwriter and novelist based on the Isle of Lewis. He is the author of six Gaelic novels. Iain's stage plays include *Somersaults* for the National Theatre of Scotland and *St Kilda: the Opera*, staged at the Edinburgh International Festival. He has written extensively for radio including *The Summer Walking* (adapted from his original stage play *The Pearlfisher*) and adaptations of *Raven Black* and *White Nights* by Ann Cleeves.

By the same author

Chopper (Stòrlann, 2004)
Na Klondykers (Clàr, 2005)
Am Bounty (Clàr, 2008)
Ìmpireachd (Clàr, 2010)
An Sgoil Dhubh (Acair, 2014)
Dìoghaltas (Acair, 2017)

AN TAISTEALACH

Iain Fionnlagh MacLeòid

First published in 2017 in Great Britain by
Sandstone Press Ltd
Dochcarty Road
Dingwall
IV15 9UG
Ross-shire

www.sandstonepress.com

Lasag's series of Gaelic readers offers young adults a range of engaging,
easy-to-read fiction, with English chapter summaries and glossaries
to assist Gaelic learners.

The publisher acknowledges support from the Gaelic Books Council towards
publication of this volume.

**COMHAIRLE NAN
LEABHRAICHEAN**
THE GAELIC BOOKS COUNCIL

ISBN: 978-1-910985-99-1
ISBNe: 978-1-912240-00-5

Cover design by Freight Design
Typeset by Iolaire Typesetting, Newtonmore
Printed and bound by Totem, Poland

1

The voyager prepares to leave her home planet. She is equipped with everything she could possibly need to recreate her world, from botanical specimens to the embryos that will allow her to propagate her own species. Now the time has come to leave behind everything and everyone she knows and launch herself into the vastness of space and time.

Cha do chuir sìon dragh orm chun an latha ud. Nuair a chaidh mo shaoghal a-mach à sealladh. Dh'fhaodainn fhalach le aon chorraig, na daoine, dòchas, àmhghar, cogadh, gaol, air cùlaibh mo làimh.

Bha mi air trèanadh air a shon, bha mi air bliadhnaichean fada a chur seachad a' dèanamh deiseil. Bha mi cho fallain 's a dh'fhaodadh duine a bhith. Bha m' inntinn cuideachd làidir. Sin a' cheist as motha a bh' aig daoine. An robh mi às mo chiall? Carson a dhèanadh tu e? A' dol a-mach dhan dorchadas gun fhios an tigeadh tu air ais. Ciamar a dh'fhaodadh tu a h-uile duine fhàgail air do chùlaibh? Ach dh'fheumadh cuideigin a dhèanamh. Dha na daoine againn.

Bha fios agam nach tiginn air ais. Ach rinn mi e a dh'aindeoin sin. Bha fios agam gum biodh amannan dona ann. Gum biodh ceistean ann. Ach bha an rud cho mìorbhaileach nach b' urrainn dhomh a sheachnadh.

Agus thagh iad mise. Cha do thagh iad duine eile. Is mise an duine a b' fheàrr air a shon, a rèir a h-uile meatraig a bh' aca.

Agus bha mi airson mo bheatha a dhèanamh glòrmhor. Bha mi airson gum biodh m' ainm sgrìobhte san iarmailt

---

àmhghar *anguish*
iarmailt *sky, heavens*

còmhla ri na daoine eile air am bi cuimhne cho fad 's gum
bi na daoine againn ann. Na daoine a chaidh tarsainn nan
cuantan againn anns na seann làithean. Na daoine a shiubhail.

Bha e ro mhòr a thuigsinn. Bha an saoghal ro mhòr. Agus
tìm, sin an rud a bu dorra buileach, oir cha robh dòigh air
greimeachadh air a mheud. Mar sin, cha do dh'fheuch mi.

'S e dust a bhiodh anns an t-saoghal agam nuair a
nochdainn anns an t-saoghal ùr. Bhithinn na mo chadal
airson ùine nach tuiginn. Dhùisginn agus bhiodh an seann
saoghal air falbh. 'S mathaid.

Ach bha fios agam gun robh e ceart. Bha mi cinnteach
asam fhìn. Gur e seo a bha an dàn dha na daoine againn.
Oir às aonais an t-siubhail seo dhan dorchadas, ciamar a
mhaireadh sinn?

Cha chreidinn cho duilich 's a bha e na ceanglaichean sin a
leigeil às. Teaghlach agus gaol agus fiù 's talamh. Dachaigh.
Chaidh mi air ais far an do thogadh mi agus laigh mi airson
an turas bho dheireadh air a' ghainmhich agus choimhead
mi adhar m' òige. Bha a h-uile sìon cho brèagha a' mhionaid
ud.

Airson diog dh'fhaighnich mi carson a dh'fheumadh an
saoghal a bhith cho neo-sheasmhach. Carson a bha uiread
de dh'fheagal oirnn gun deigheadh sinn uile à bith. An
tuigeadh sinn a-chaoidh bàs? No an e dìreach ùrachadh a
th' ann, prìs airson a bhith beò. Oir às aonais, dè a' chiall a
bhiodh aig beatha?

Bha ciall aig mo bheatha le bhith a' dèanamh seo. Bha e
a' toirt dòchas dha daoine. Dòchas nach e seo deireadh ar
linn.

Nam biodh an cothrom agad saoghal ùr a thòiseachadh,
an gabhadh tu e? Am biodh e eadar-dhealaichte bhon an
t-saoghal a th' againn? Ciamar a dh'fhaodadh sin tighinn gu
buil le nàdar mhic-an-duine mar a tha e? An robh e faoin
smaoineachadh gun robh sinn os cionn nan uile? Os cionn
nàdair, os cionn gach beathaich?

Anns an t-saoghal ùr seo, am biodh sgeulachdan againn air mar a thòisich an cinneadh againn? Am biodh e air chall gun tàinig sinn chun an t-saoghail seo airson ùrachadh, airson cothrom a thoirt dhuinn? Am biodh e air chall mar a thàinig mise, a' chiad duine, An Taistealach? An cruthaicheadh sinn leabhar eile a bheireadh dhuinn cumhachd thairis orra uile, an talamh agus na beathaichean, na cuantan agus an t-adhar? Agus ciamar a chleachdadh sinn an cumhachd sin?

An dìochuimhnicheadh iad, agus an dèanadh iad sgeulachdan air mar a thàinig a' chiad bhoireannach chun na planaid uaine? A' mhàthair.

Thàinig an tide falbh. Bha thìd' agam cadal, ach bha feagal orm. Oir 's e cadal tro choilltean tìm a bhiodh ann. Bhithinn reòite agus falamh fad linntean. Ged nach e reothadh a bh' ann, bha e nas coltaiche ri bhith nam phìos glainne, na h-ataman agam air stad a ghluasad.

Agus nuair a dhùisginn bhiodh an saoghal agam gu tur air falbh, tro sgàil tìm. Cha bhiodh ann ach dust—na cuimhneachain, na daoine. Sin an ìobairt a rinn mi airson nan daoine agam.

Nàdar beatha bhith-bhuan dhòmhs'. 'S e 'ar màthair' a bh' aca orm nuair a dh'fhàg mi. Ar dòchas. Ar reul-stiùiridh. Shealladh iad dhan cuid chloinne mise anns na speuran, a' gluasad gu slaodach, gealach bheag mheatailt.

Cha robh mòran taghaidh againn. Bha sinn fortanach gun do lorg sinn an saoghal idir, leis cho fada air falbh 's a bha e. 'S e 'An Talamh' a thug sinn air an t-saoghal ùr seo anns a' chànan againn. 'S e sin a chumadh beò sinn.

Bha innealan agam airson mo chuideachadh nuair a ruiginn an talamh ùr sin. Inneal leis an ainm CrisprCas9 a chuireadh ceart galaran gintinneach, a chàradh DNA agus a leigeadh dhomh

---

cinneadh *race, kindred*
taistealach *voyager*
ìobairt *sacrifice*
bith-bhuan *eternal*
galaran gintinneach *genetic diseases*

planntrais agus beathaichean atharrachadh. Bha DNA agam bho iomadach beathach, agus dòigh air an toirt beò. Bha inneal againn a chumadh sùil air an robh an t-èadhar freagarrach. Ach bha na rudan as cudromaiche na bu bhunaitiche. Na h-aon rudan tha fhios a bh' aig na ciad dhaoine a shiubhail na cuantan anns an t-seann saoghal gus eileanan agus talamh a lorg, gus beatha ùr a chruthachadh dhaib' fhèin.

Bha stòr de chnothan 's de shìol agam, agus bha boireannaich an t-seann saoghail air a' ghibht as motha a thoirt dhuinn—a dheigheadh le sìol-ginidh nam fear againn. An toiseach 's e mi fhìn a ghiùlaineadh leanabh, ach chan ann leams' a bhiodh e no i gu gintinneach. Agus dh'fheuchainn ri uiread cloinne a bhith agam 's a b' urrainn dhomh, iad uile bho phàrantan diofraichte. Dh'fheumainn coimhead às an dèidh gus am biodh iad aost' gu leòr clann a bhith aca fhèin. Agus 's ann mar sin a chumadh sinn an cinne-daonna a' dol air an t-saoghal iomallach aonranach ùr seo.

Cha robh A. I. agam air bòrd. Agus cha bhiodh sin ceadaichte air an t-saoghal ùr am bith. Oir 's e sin a bha a' toirt ar saoghail gu crìch.

Chaidh mi dhan t-seòmar far am bithinn a' cadal thar linntean agus choimhead mi air an t-saoghal agam tron ghloinne. Cò dìreach a tha faighinn a' chothruim seo saoghal ùr a chruthachadh? Agus thàinig e thugam gun robh a h-uile duine againn a' faighinn a' chothruim sin, nach e sinn fhìn a bha a' cruthachadh an t-saoghail againn, a bha a' taghadh, agus thug sin dòchas dhomh. Bha mi a' fàgail an t-saoghail aost' air mo chùlaibh—na cogaidhean a sgrios e, na daoine a mhill e, na cuantan a bha a-nis marbh, na speuran a bha a-nis ro thana ar dìon. Anns an t-seann leabhar againn bha àite ris an cante Ifrinn. 'S mathaid gum faigheadh sinn air sin fhàgail air ar cùlaibh bho dheireadh thall.

---

planntrais *vegetation*
sìol-ginidh *sperm*
an cinne-daonna *the human race*
Ifrinn *Hell*

Laigh mi anns an inneal agus beag air bheag dh'fhalbh am mothachadh agam gus an robh mi ann an *stasis*. Cha robh sìon ann ach sàmhchair agus tìm a' dol seachad. Agus dòchas, dòchas na cloinne a' coimhead dhan adhar. Làn dòchais gus cothrom ùr a bhith againn saoghal ùr a thoirt gu bith, agus an saoghal sin air a thoirt gu bith às na nithean as fheàrr anns an nàdar againn.

2

Preparing for this mission has consumed all the resources of a dying planet. Saving the species is paramount, and whatever happens they are determined not to repeat the mistake of putting their faith in artificial intelligence to solve all of mankind's problems. The voyager is keenly aware of the huge responsibility that rests with her to find a new home where she can rekindle their civilisation.

Thar nan linntean.

Cha robh companach còmhla rium. 'S e co-dhùnadh a bha sin a bha duilich. Ach dh'fhaodadh rudan a dhol ceàrr le companach. Ma 's e fireannach a bh' ann, nach eil teans ann gun tuiteadh sibh ann an gaol? Nam biodh dìreach aon duine eile ann san t-saoghal, nach tachradh sin?

Agus chan eil daoine ann an gaol cho reusanta. Dè nam biodh aig duine ri taghadh a dhèanamh eadar beatha an duine sin agus a' bheatha aca fhèin? Agus gun bhoireannach air fhàgail, sin an deireadh. Agus is e sin a' phrìomh chùmhnant a bh' agam. Ar daoine a dhìon. Ge bith dè bha sin a' ciallachadh. Cùm an DNA againn beò.

Bha iad air triùir eile a chur a-mach dha na speuran, iad uile a' dol gu planaidean diofraichte, nan aonar, dòchasach gun lorgadh iad àite far am faodadh iad tighinn beò. Ach leis na cogaidhean a bh' ann, cha robh an teicneòlas againn trì innealan a thogail a shiùbhladh cho fada. Is e an t-inneal agams' a ruigeadh nas fhaide na càch. 'S ann annams' a bha dòchas a h-uile duine.

'S e nàdar bàs beag a bh' ann. 'S e aon rud siubhal gu planaid eile agus 's mathaid faighinn air ais ann an deich bliadhna. Rinn sinn sin aon turas ach a-nis bha am base againn air a' phlanaid sin gun fheum. Dh'ionnsaich sinn bhon sin.

Cha robh ann ach beagan dòchais, co-dhiù, glè bheag. Ach bha gu leòr ann dhòmhs'. Bha mise a' creids' ann an saidheans, ann an obair chruaidh agus ann am Freastal.

Tìm gun aisling, tìm gun solas no smuain. An capsal-fànais a' gluasad gu dìleas tro thìm, a' seachnadh tarraing phlanaidean mòra, beò air connadh atamach—ach chan e rud a bha sin a mhaireadh gu sìorraidh, nan tachradh e nach robh an saoghal ùr seo freagarrach.

Dhèanadh sinn a-mach gun robh deagh mheasgachadh de ogsaidean, naitridean, argon agus carbon dà-ogsaid ann, agus dh'fhaodadh tu anail a tharraing ann. Bha e fada gu leòr bho ghrian airson 's gun robh blàths ann, agus cha robh e ro fhuar, bha sinn an dòchas. Agus bha e fada gu leòr air falbh bho *asteroid belts*. Ach a bharrachd air a sin, cha robh mòran fios againn gus an ruiginn agus gus am faicinn dè bha romhainn. 'S mathaid gun robh planaid eile anns an rian-grèine a bhiodh nas freagarraiche. Ach cha robh cus tìde agam m' inntinn atharrachadh, oir mar a thuirt mi, cha robh connadh gu deireadh tìm agam idir, ged a mhaireadh e uabhasach fada.

Bha sinn cuideachd air seulltainn airson micro-thuinn a' tighinn bhon t-saoghal. Cha bhiodh feum ann dol gu saoghal far an robh e làn dhaoine mu thràth, chan e sin an seòrsa bhòidse bha seo ann. Ceart gu leòr, bha armachd agam air an t-soitheach, agus bha beagan agam a dh'fhaodainn giùlan air mo bhodhaig. Ach a-rithist, bha an soitheach ro bheag cus neirt a chaitheamh air an t-seòrsa rud sin. 'S e saoghal falamh a bha mi a' lorg, falamh de dhaoine co-dhiù. Bha deagh theans' ann gum biodh beathaichean air choreigin ann, ach chuirinn tìde seachad a' sgèith thairis air an talamh gus sin a dhèanamh a-mach.

Agus fiù 's nam biodh, bha agam ri saoghal a dhèanamh.

---

freastal *providence*
connadh *fuel*
rian-grèine *solar system*

Sin an rud nach robh daoine ag aithneachadh, bha a h-uile nàdar teicneòlas agam, bha sinn air an t-airgead a bh' againn air fhàgail a chosg air na daoine as fheàrr, agus chan e a h-uile duine a dh'aontaich le seo agus sinn an teis-meadhan cogadh. Ach nuair a ruiginn saoghal ùr bha agam ri na rinn iad anns na seann làithean a dhèanamh. Taigh a thogail le na bha ann. Mo bhiadh fhìn a lorg no a mharbhadh no fhàs. Bhiodh e mar a bha e anns na seann làithean. Ceart gu leòr, bha clò-bhualadair 3D agam, agus b' urrainn dhomh le sin iomadach rud a chruthachadh. Ach cha robh pioc fios dè cho fada 's a bheireadh e àrd-ìre an t-sìobhaltais againn a ruighinn a-rithist. Am biodh latha ann a-rithist far an lorgadh tu togalaichean làn leabhraichean agus ealain? Bhiodh e salach agus borb agus duilich. Agus bha mi an dòchas nach toireadh an siubhal cus asam, oir bha agam ris an saoghal seo a chruthachadh le mo làmhan fhìn.

Thug iad dhomh an taghadh, an robh mi ag iarraidh fios a bhith agam nuair a dhùisginn dè an ceann-latha a bh' ann. Ach cha robh mi. Fiù 's leis cho luath 's a bha an soitheach a' dol bhiodh mìltean bhliadhnaichean romham nam chadal. Thòisichinn aig neoni.

Bha argamaid ann dè cho neartmhor 's a dh'fheumadh an coimpiutair air bòrd a bhith. Oir nach e sin a dh'fhàg sinn anns an t-suidheachadh far an robh sinn, a' cogadh le innealan a chruthaich sinn fhìn agus a thàinig gu nàdar fèin-aithne. Bha daoine ann a bha a' crochadh a h-uile càil air an latha sin a ruighinn, agus nuair a thàinig e an toiseach bha sinn uile an dùil gun robh saoghal ùr air ar beulaibh, nach feumadh duine obrachadh a-rithist. Gun robh luchd-cuideachaidh againn a-nis a dhèanadh a h-uile seòrsa rud dhuinn. Gun cuidicheadh an eanchainn mhìorbhaileach sinn gus tighinn an-àirde le dòighean ar saoghal a chàradh, gus biadh gu leòr a chruthachadh, gus bùrn gu leòr a lorg.

Ach chan e sin a thachair. Agus 's e mìorbhail a bh' ann

fèin-aithne *self-awareness*

gun robh tìde gu leòr againn, agus teicneòlas againn, a leig dhuinn na soithichean seo a thogail.

Bha mu thràth gu leòr dhaoine air na bailtean fhàgail gus àite a lorg air an tuath dhaib' fhèin, far am faodadh iad biadh fhàs. Chaidh na seann dùin, mar eisimpleir, a bha air a' chosta, a thogail a-rithist, gus daoine a dhìon nan tigeadh an nàmhaid. Bha daoine dìreach an dòchas nach tigeadh e às an dèidh.

Chan fhaodadh inneal sam bith a bhith agad anns na campaichean seo gun fhios nach biodh galar annta. Agus ann am beagan ùine, chaidh a' mhòr chuid den t-saoghal air ais gu mar a bha e bho chionn mìltean bhliadhnaichean. An talamh, a' ghrian agus a' ghealach. Solas theinntean agus chrùisgean, agus cladhach anns an talamh le do làmhan fhèin.

Agus bhiodh sin ceart gu leòr, nam biodh sinn air a bhith faiceallach mun t-saoghal againn. Ach bha sinn air atharrachadh gus nach robh gu leòr talamh ann a-nis dhan h-uile duine a bhith beò. Bha dùthchannan ann a bha ro theth a bhith beò annta a-nis, agus a bharrachd air a bhith a' sabaid an nàmhaid, bha sinn a' sabaid a chèile. Nach ann mar sin a bha e a-riamh? Ach bhiodh an saoghal ùr seo eadar-dhealaichte. Dhèanainn cinnteach às.

---

air an tuath *in the countryside*
dùn *fort*
crùisgean *oil lamp*

3

After years in cryogenic stasis, waking up again is physically stressful, but she has to prepare for her arrival on the new planet. All the signs seem promising and she chooses a spot near to the equator as her landing site, but will the vessel withstand the intense heat of entering the planet's atmosphere?

Bliadhna a h-aon.

Sin a dh'aontaich sinn toirt air. An uair sin cha bhiodh fios agam dè dìreach cho fada air falbh a bha mi bhon t-seann saoghal. Bha fios agam gun robh na mìltean de bhliadhnaichean ann, barrachd air còig cheud mìle bliadhna. Ach cha robh mi airson smaoineachadh air sin.

An dèidh dhomh dùsgadh, cha robh fios agam an robh sin gu mòran diofar. Cha robh air m' inntinn ach na bha romham.

Thòisich an siostam *cryo* mo thoirt air ais gu bhith beò. Bho dheireadh thall dhùisg mi agus dh'fhosgail mi mo shùilean. Bha mi beò.

Fhuair mi air èirigh an dèidh seachdain. Cha robh mi air a bhith ann an *stasis* roimhe agus 's e faireachdainn neònach a bh' ann, ach bha iad air innse dhomh cò ris a bhiodh e coltach. Gum biodh e dreis mun tigeadh na cuimhneachain agam air ais agus nach biodh mo bhodhaig ag obair buileach ceart.

Chaidh mo dhùsgadh dìreach a rèir a' phlana, air crìochan an rian-grèine, agus bheireadh e dà bhliadhna faighinn chun an t-saoghail ùir. Bha sinn a' dèanamh timcheall air fichead millean mìle gach latha. Cha robh sinn airson a dhol nas luaithe na sin gun fhios nach buaileadh sinn càil. Cho fìnealta

---

fìnealta *delicate*

's a bha a h-uile càil. Dh'fhaodadh clach crìoch a chur air ar cinneadh.

Bha mi air aonaranas agus feagal a chur air falbh ann an rùm beag dorcha far nach srucadh iad annam. Agus a dh'innse na fìrinn, chan e sin na faireachdainnean a bh' agam. Is mise a' chiad duine a bha a' coimhead nan diofar shaoghal seo. A' phlanaid uaine air fàire, cho beag ri òrdag an-dràsta, ach sin i. Mo dhachaigh ùr.

Ghlan mi mi fhìn agus an dèidh cur a-mach, ghabh mi biadh. Ged a bha mi a' faireachdainn nach robh mi air a bhith nam chadal cho fada, bha fhathast blas a' bhidhe air leth math. An fhaireachdainn, bùrn a' srucadh nam chraiceann. A bhith a' gluasad.

Shuidh mi air beulaibh a' choimpiutair. 'S e Sam an t-ainm a thug mi air ged nach robh inntinn fhèin aig Sam. Bha mi glè dhòigheil mu sin. Bha an coimpiutair air a bhith a' dèanamh dheuchainnean air a' phlanaid, agus chithinn gun robh beathaichean air choreigin oirre. Cha robh fhathast boillsgeadh de bheatha ioma-fhillteach ann, cha robh suailichean-rèidio ri lorg, cha robh saidealan a' cuairteachadh an t-saoghail agus chan fhaicinn càil eile a dh'innseadh dhomh gun robh rèis eile a' fuireachd ann. Bha e cho fada bho dh'fhalbh mi às a' phlanaid agam fhìn, dh'fhaodadh rud sam bith a bhith air tachairt.

Mar as fhaisge a thàinig mi sheall mi airson bhailtean agus a leithid, ach cha lorgainn càil. Bha an t-èadhar fhathast freagarrach dhomh às aonais deise shònraichte agus bha bùrn ri lorg air. Chitheadh tu deigh gu tuath.

Rinn mi an-àirde m' inntinn a dhol faisg air equator na planaide, far am biodh aimsir mhath ann airson rudan fhàs. Bha mi cuideachd a' smaoineachadh air eilean a thaghadh an àite a bhith fosgailte air gach taobh. Bha mi feumach air

---

srucadh *touching*
boillsgeach *flicker*
ioma-fhillteach *complex*
suail *wave*

talamh torrach, air craobhan, air tobraichean, air iasg—nam biodh leithid a rud ann—agus air stuthan a dh'fhaodainn cleachdadh gus taigh a thogail.

Bha sinn air beatha a lorg ann an iomadach àite anns an t-saoghal againn fhìn, agus air na planaidean a bha faisg oirnn. Bha sinn cinnteach gun robh mean-fhàs ri lorg ge bith càit an deigheadh sinn.

B' urrainn dhomh fuireachd anns an t-soitheach fada gu leòr, ach bha aon rud a bha an turas seo air toirt dhomh, sin eòlas air coimhead air adhart. Ma bha sinn ag iarraidh eilean beag a dhèanamh dhuinn fhìn air an t-saoghal seo, chan fhaodadh sinn a bhith às aonais gin de na rudan seo.

Bha mi cuideachd feumach air rudan a dh'fhaodainn cleachdadh gus stuthan sgrìobhaidh a dhèanamh. Bha mi airson sgeulachd toiseach ar saoghail ùir a chur sìos, agus ged a bha coimpiutair agam, cha robh sin gu feum. Oir nam briseadh e bhiodh a h-uile sìon air chall, agus cha bhiodh dòigh air a chàradh. Bha mi air co-dhùnadh a dhèanamh nam inntinn gluasad air falbh bhon beatha sin, le cuideachadh bho innealan agus a leithid, gu saoghal sìmplidh, saoghal nach briseadh, no saoghal a dheigheadh a chàradh le na rudan a bha timcheall. 'S ann mar sin a chaidh mo thrèanadh.

Smaoinich mi tòrr air a' mhionaid a chuirinn cas air an t-saoghal ùr sin. Bhithinn lag, tha fhios, an dèidh a bhith a' siubhal nan speuran. Bhiodh e gu math dona dha na cnàmhan agus na fèithean agam.

Bha sgeinean agam, agus fios mar a dh'fhaodainn meatailt a dhèanamh. Air a' choimpiutair bha eachdraidh agus fiosrachadh ar daoine gu lèir. 'S e rud prìseil a bh' ann. Agus bha gu leòr dheth air mo theanga cuideachd.

Fad na h-ùine bha an coimpiutair a' coimhead ris an t-saoghal agus a' feuchainn ri àite sàbhailte far am faodadh sinn landadh a lorg. Agus bho dheireadh thall thagh mi àite.

---

torrach *fertile*
mean-fhàs *evolution*

Shuidh mi anns a' chathair, chuir mi orm an crios agam, an dòchas nach biodh na bha tighinn ro dhuilich faighinn troimhe, nach biodh e a' fàs ro theth dhan t-soitheach agam. 'S ann air seo a bha a h-uile càil a' crochadh, na linntean a bha mi nam chadal, agus an obair a rinn na daoine agam gus m' fhaighinn an seo. Dh'fhàs an soitheach nas teotha 's nas teotha timcheall orm, gus an robh mi air mo chuairteachadh le dearg.

4

*The landing is traumatic, but she survives it. What does this planet
have in store for her? When she ventures outside, it's actually not so
alien. There's a beach, and she can even swim in the sea, but on her
way back to the vessel she makes an alarming discovery.*

Dhùisg mi.

Bha mi air dìobhairt a-rithist, agus bha fòrsa-grabhataidh
ro làidir dhomh air buaidh a thoirt orm nuair a thuit sinn
às an adhar. Dh'fhosgail mi mo shùilean. A' tuiteam mar
chloich, agus a' cur nan caran. Dh'fheuch mi ri srucadh anns
a' phanal, ach cha ghluaisinn às an àite san robh mi. Cha
ghluaisinn fiù 's òrdag bheag leis an astar aig an robh sinn
a' dol. Soitheach a bha cho aost' ri na bruthaichean a-nis an
t-aon rud eadar mi fhìn 's a bhàs. Dh'fhalbh mi a-rithist.

Dhùisg mi.

Sgòthan a-nis, agus ghluaisinn mo làmh. Bha am panal teth.
Bha mi an dòchas nach robh gin de na circuits air am milleadh.
Chunnaic mi nach robh cùisean cho rèidh 's a bu chòir dhaibh
a bhith. Ach an uair sin, le dìreach beagan mhilemeatairean air
fhàgail, thàinig sinn gu stad. Fodham bha an saoghal ùr.

Fhuair mi an soitheach sìos dìreach far an robh mi ag
iarraidh. Ceum mòr bha sin. Cha robh fhathast fios agam dè
na beathaichean a bhiodh romham, ach bha mi ag iarraidh
bhith air talamh tròcair. Bha mi air a thighinn ro fhada
agus bha cus feagail orm gun tachradh rud aig a' mhionaid
bho dheireadh. Cha robh agam ri tuiteam ach beagan, no
landadh ann an dòigh dona, airson mi fhìn a ghoirteachadh,
agus bhiodh sin a' ciallachadh a' chrìoch dhòmhsa.

---

dìobhairt *vomiting*
cho aost' ri na bruthaichean *as old as the hills*

Shuidh mi airson ùine mhòr an dèidh dhuinn an talamh a ruighinn. Bha gu leòr latha fhathast agam. Bha fios agam gun robh agam ri dèanamh cinnteach gun robh mi ann an àite far an robh mi sàbhailte. 'S mathaid gum biodh cabhaig air daoine eile cas a chur air an talamh ùir seo. Ach bha mise ga fhaighinn duilich brù mo mhàthar fhàgail. An soitheach a bha air mo ghiùlan agus mo chumail beò thar ùine gun chrìoch. Bha i airidh air mionaid fois. Bha i airidh air taing.

Bho dheireadh thall, chaidh mi a-mach.

Bha e coltach ris an t-saoghal agam fhìn, ach cha robh. Bha planntrais ann, ach chan aithnichinn gin dhiubh. Ach fhathast... 's e beatha a bh' ann, agus chitheadh tu gun robh ceangal aca ris an rud air an robh mi eòlach.

'S e am feagal as motha a bh' orm, gum faighinn galar gu math luath. Gum biodh maicreobaichean ann nach robh idir freagarrach dhomh. Bha cungaidhean-leigheis agam, ach cha dèanadh iad sin ach na h-uiread. Bha mi dìreach an dòchas gur e saoghal bàigheil a bh' ann.

Chaidh mi sìos gu far an robh am muir. Bha tràigh ann le gainmheach gheal, dìreach mar an saoghal agam fhìn. Bha am muir gorm, uaine, glas aig amannan. Cha robh e ro choimheach. Cha robh e ro choimheach idir.

Laigh mi sìos. Bha a' ghrian bàigheil os mo chionn. Cha bu chòir dhomh, ach an dèidh a bhith cho fada ann am fuachd na farsaingeachd, 's e a rèir choltais rud a bh' ann a bha mo bhodhaig ag iarraidh. Agus gun cus smaoineachaidh air, laigh mi sìos, dh'èist mi ri fuaim na mara agus dh'fhairich mi teas na grèine air m' aodann.

Thuit mi na mo chadal. Bha sin cunnartach. An dèidh dà uair a thìde dhùisg mi. Bha solas na grèine a-nis a' ciaradh ach bha sin ceart gu leòr, bha mi an dùil dreis mhath a chur seachad san t-soitheach co-dhiù. Bha inneal agam a

---

brù *belly*
cungaidhean-leigheis *medicines*
coimheach *alien*

bheireadh fiosrachadh ceimigeach dhomh agus chaidh mi
sìos chun na mara. Chuir mi boinneag sàl air agus rinn mi
a-mach gun robh e sàbhailte gu leòr.

Thug mi m' aodach gu lèir dhìom agus choisich mi dhan
mhuir. Cha robh, cho fad 's a bha cuimhne agam, rud eile
cho milis na mo bheatha. Bha an t-uisge blàth, làn salainn,
aotrom agus làn sòlais. Bha mi beò. Agus bha teans agam.

A' tilleadh bhon tràigh bha mi dòigheil. Bha mi air àite a
lorg far an robh fiodh airson bàta a thogail aon latha, agus
gu leòr àiteachan airson a bhith ri creagach. Bha mi air èisg
bheaga fhaicinn a' snàmh timcheall nan casan agam anns an
uisge, agus far an robh èisg bheaga bhiodh èisg mhòra. Agus
cha robh beathach cunnartach air nochdadh anns a' bhad.
Bha fhios gun robh gu leòr dhiubh sin ann, ach bha mi an
dòchas gum biodh a cheart uiread de dh'fheagal orrasan.

Ach a' coiseachd air ais chun an t-soithich chunnaic mi
rud a thug orm clisgeadh.

Anns a' ghainmhich, dìreach aig oir na tràghad, bha làrach
coise.

---

creagach *rock fishing*

5

She decides to run tests on the footprint, and her instruments are showing her that someone, or something, is out there watching her. She has to remind herself that she isn't here to make friends. She has her mission to accomplish.

Chaidh mi luath air ais dhan t-soitheach. Bha mi air dealbh shònraichte a ghabhail dhen làraich, agus air rud beag gainmhich a thoirt leam gun fhios nach fhaighinn DNA air choreigin bhuaithe. Bha e mun aon mheud ris a' chois agam fhìn, ach bha e 's mathaid nas aotruime na làrach a dh'fhàgainn.

Chan e seo idir a bha mi ag iarraidh. 'S e aon rud beòshlaint a bhuannachadh bhon talamh gun duine a' cur dragh ort, 's e rud eile feuchainn ri sin a chom-pàirteachadh 's mathaid le cuideigin a bha air a bhith ann linntean. Air an t-saoghal aosta, sin an seòrsa rud a thòisicheadh sabaid no cogadh.

Agus cha robh mi airson caraidean a dhèanamh a bharrachd, ged nach robh mòran teans gun tachradh sin. Bha fios agam gun robh teans math ann nach biodh iad coltach rium nan coltais, agus b' e sin adhbhar buairidh eile. 'S e an obair agam saoghal ùr a thoirt dha na daoine agam, chan e measgachadh le treubh eile.

Bha prìomhachas aige sin thar nan uile.

Chuir e feagal orm smaoineachadh air, bha mi air siubhal cho fada tro na speuran, mìle mìle beatha air a bhith a' dol seachad, agus a-nis liormachd agus fosgailte anns an t-saoghal ùr.

Sheall mi an robh na dorsan gu lèir dùinte. Bha mi airson smaoineachadh air dè bu chòir dhomh dèanamh. Am bu

---

liormachd *naked*

chòir dhomh gluasad gu pàirt eile den t-saoghal? 'S mathaid.

Chuir mi air na h-innealan airson faicinn an robh teas bodhaige sam bith sa choille, beathach no eile. Chlisg mi a-rithist nuair a chunnaic mi an dealbh. Anns a' choille chitheadh tu trì ìomhaighean, air falachd.

Bha iad a' coimhead orm.

Thionndaidh mi an cockpit. Bha na h-ìomhaighean air falbh. Bha sin cheart cho math, cha robh mi ag iarraidh losgadh air duine. Agus bha iad faisg.

Am feagal. Chan e seo an trèanadh a fhuair mi. Chan e seo am plana. Ach seo a bha a' tachairt. Ann an saoghal eile nad aonar agus dòchas gach duine beò an crochadh ort. No gach duine nach robh a-nis beò.

Dh'fhuirich mi a-staigh san t-soitheach tron oidhche, agus chithinn uaireannan faileasan nan daoine, no ge bith dè bh' annta, a' gluasad sna craobhan, eòlach agus comasach.

Cha d' fhuair mi mòran cadail an oidhche sin, agus bha feum mòr agam air. Dhùisg mi agus dh'ith mi nàdar de bhiadh, gach nì air an robh feum agam airson mo bhodhaige ach gun pioc blais. Rinn iad mar sin e, oir cò bhiodh ag iarraidh an t-aon bhlas ithe bliadhna an dèidh bliadhna?

Cha dèanadh e a' chùis. Bha agam ri gluasad gu àite eile. Chan fhaicinn gun robh na daoine seo comasach air siubhal, cha robh bailtean aca, cha robh carbadan 's a leithid aca. Cha robh saidealan no plèanaichean. Lorgainn àite eile.

Rinn an coimpiutair fuaim. Fuaim a bha airson an aire agam a tharraing gu rudeigin, ach a bha a' feuchainn gun feagal a chur orm. Feagal. Seachain sin anns a' bhad. Dè bha air tachairt rium gun robh leithid an rud ann? Laigse. Saoghal ùr a bh' ann. Cò ris a bha dùil a'm?

Bha rudeigin coimheach air taobh a-muigh an t-soithich agam. Chan e duine a bh' ann, chithinn sin, ach rudeigin eile, le còmhdach air. Bha mi air seasamh anns an àite sin an-dè.

Rinn mi sgan luath air agus cha tàinig càil cunnartach air

ais. Dh'fhaighnich mi dhan choimpiutair dè bh' ann agus rinn mi gàire beag nuair a chuala mi an fhreagairt.

Dh'fhosgail mi an doras. Sàmhchair. 'S mathaid gun robh daoine gam choimhead, ach bha fios agam nach robh iad gam iarraidh marbh sa bhad co-dhiù.

Oir air mo bheulaibh bha basgaid làn bidhe.

6

Whoever left the food obviously wants to be friendly. She wonders what kind of creatures inhabit this place, and what they will make of her. This makes her think about how her arrival here will be remembered by generations to come. What will she tell her children, and how will her first steps on this planet pass into legend?

Ge bith cò bh' annta, bha iad airson a bhith càirdeil. 'S mathaid gur e cuideachadh a bhiodh an seo. Bha mi air ionnsachadh mu mar a sgap daoine timcheall an t-saoghail agam fhìn sna seann làithean agus gu tric fhuair iad cuideachadh bho mhuinntir an àite. Gu tric cha b' urrainn dhaibh a bhith air tighinn beò ann an àite às aonais a' chuideachaidh sin. Ged a bha iad fhèin a' smaoineachadh gun dèanadh iad a' chùis air rud sam bith. Deagh leasan a bha sin.

Dheidhinn a-mach airson sùil a thoirt timcheall, agus nam faighinn cuideachadh bho na daoine seo, chan e rud dona a bha sin. Bha e a' ciallachadh gum biodh a' phròiseas a' tòiseachadh fada nas luaithe. Nam b' urrainn dhomh biadh agus àite-fuirich fhaighinn ann an dòigh air choreigin, agus 's mathaid rud beag dìon, dh'fhaodainn tòiseachadh leis a' phròiseact agus beatha ùr a chruthachadh na mo bhroinn fhìn. Leanabh.

Smaoinich mi air airson ùine. A' cheist, falbh agus àite eile fhaighinn anns nach robh duine, no feuchainn ri cuideachadh fhaighinn bho na daoine a bha seo. Aig deireadh an latha, bha misean agam, agus bha agam ri dèanamh an rud a bheireadh dhomh an cothrom a b' fheàrr airson a bhith soirbheachail. Ge bith dè.

Agus, nam bheachd-sa, 's e cuideachadh fhaighinn a bha sin. Bhiodh e eadar-dhealaichte mura biodh iad air a bhith fialaidh. Ach bha cungaidhean-leigheis agam a chuidicheadh le galaran sam bith a bhiodh aca—'s mathaid nach robh sin fìor an taobh eile, ach chan e sin a bha nam inntinn an-dràsta. Cha bhiodh an t-aon chànan aca, agus bhiodh sinn gu math eadar-dhealaichte a' coimhead ri chèile. 'S mathaid gun smaoinicheadh iad gur e dia a bh' annamsa, agus bhiodh sin gu math cuideachail.

Agus nan deigheadh càil ceàrr, bha fhathast armachd gu leòr agam ann an àite mar seo, gus mi fhìn a dhìon. Chuirinn orm deise shònraichte a bhiodh gam fhalach nam bithinn ag iarraidh. Bha e a' lùbadh nan suailichean-solais timcheall orm agus bha e gam dhìon gu ìre. Bha cuideachd gunna beag, neartmhor agam a dh'fhaodadh stad a chur air daoine gun am marbhadh, nan tograinn.

Chan e sin a bha mi ag iarraidh dèanamh air saoghal ùr. Bha gu leòr fala air a bhith anns an t-seann fhear, ach bha fios agam cho prìseil 's a bha mi.

Ach an toiseachd, chaidh mi a-mach a dh'fhaighinn na basgaid bidhe. Na broinn bha measan agus lof rudeigin milis agus feòil air choreigin a bha air a bhruich. Thug mi a-staigh dhan t-soitheach e agus chuir mi seachad an tìde a b' urrainn dhomh ga ithe.

An dèidh uiread de thìde a chur seachad ag ithe nàdar de bhiadh gun bhlas sam bith cha chreidinn cho math 's a bha e. Bha blas neònach nach aithnichinn air na h-uiread dheth, ach anns an fharsaingeachd, cha robh e ro dhiofraichte.

Ciamar a dh'fhaodadh an dà shaoghal a bhith cho coltach ri chèile? Ciamar a dh'èirich beatha anns an dà àite, beatha fèin-thuigseach. 'S mathaid gur e sin dìreach nàdar beatha.

Air a' phlanaid agam bha beatha air tòiseachadh ann an àiteachan far nach bu chòir beatha bhith comasach sin a dhèanamh. Fada, fada fon mhuir. Agus lorg iad air planaid eile a bha faisg bùrn agus, bho dheireadh thall, beatha. Thug sin dòchas dhuinn, nach e àite bh' anns a' chruinne-chè nach robh cho aonranach agus nar n-aghaidh. Gur mathaid gum biodh dachaigh eile ann dhuinn.

Dè seòrsa coimhearsnachd ùr a bhiodh againn, smaoinich mi. Nuair a dh'fhàsadh a' chlann agam, ciamar a chumadh iad an saoghal rèidh? Bha iomadach duine an sàs anns a' cheist seo anns na làithean mun do dh'fhalbh mi, a' coimhead air dè an structar as fheàrr a dh'fhaodadh a bhith aca.

An canainn ris a' chloinn agam gun robh iad a-riamh air an t-saoghal seo? An innsinn an fhìrinn dhaibh air mar a bha an seann saoghal, cho neartmhor 's a bha an teicneòlas againn?

An toireadh sin cead agus beachd dha daoine, an dèidh ginealaichean a dhol seachad, gum faodadh iad fhèin gluasad air adhart gus teicneòlas a chruthachadh dhaib' fhèin?

Agus an turas seo, bhiodh fios aca gun robh rudan comasach, an t-atam a bhriseadh às a' chèile, innealan a chruthachadh a b' urrainn smaoineachadh dhut. Dè am fiosrachadh a bha sàbhailte dhan fheadhainn a thigeadh às mo dhèidh?

Ged a bha mi nam sheasamh far an robh mi an-dràsta, gun eòlas sam bith air a' phlanaid, bha aon nì cinnteach. Bha tàlant aig an rèis agam gus tuigse fhaighinn air na bha timcheall oirnn, agus mun robh cus tìde air a dhol seachad, na bha timcheall oirnn a chleachdadh.

'S mathaid gun cuireadh e às mo rian mi a' smaoineachadh cò ris a bhiodh an saoghal ùr seo coltach ann an ceud bliadhna, mìle bliadhna, ceud mìle bliadhna. An toiseach bha agam ris a' chiad cheum a ghabhail.

Rinn mi deiseil agus chaidh mi a-mach.

7

She encounters a young female in the woods. They communicate tentatively at first, but over time begin to trust each other. One day the girl invites her to go hunting, but a disturbing occurrence makes her realise that the girl's tribe is not the only one in the vicinity.

Chaidh mi dhan choille. Cha robh mi air obair a dhèanamh air na craobhan agus na planntrais gus faicinn an robh gin dhiubh cunnartach. Ach smaoinich mi 's mathaid nach biodh na dh'fhuilinginn cho eadar-dhealaichte riuthasan, ri na daoine bha an seo cheana.

Bha iom-tharraing na talmhainn beagan diofraichte air a' phlanaid seo, agus mhothaich mi gun robh mi nas làidire an seo na bha mi san t-seann saoghal. Thog mi pìos craoibhe bhon talamh, agus clach nach b' urrainn dhomh a bhith air gluasad san t-seann saoghal. Dhèanadh sin e nas fhasa nam biodh agam ri rudeigin a thogail. No cuideigin a shabaid.

Bha a' choille socair, brèagha. Bha mi a' coimhead airson làraich-coise eile. Agus le sin 's mathaid gum faighinn staran beag a bheireadh mi gu far an robh iad a' fuireachd. Bha agam ris an fhaireachdainn gun robh mi a' dèanamh rudeigin gòrach a mhùchadh. Bha an ìre mhath a h-uile càil a dhèanainn air a' phlanaid seo rudeigin cunnartach.

Thàinig mi gu bealach anns a' choille, 's e staran a bh' ann, bha sin cinnteach. Chithinn iseanan anns na craobhan, gach uile nì ùr agus coimheach.

Thionndaidh mi a-rithist gu far an robh an staran gam thoirt agus air mo bheulaibh bha cuideigin a' seasamh. Bha daoine a-riamh a' dèanamh dhealbhan coimheach air

---

iom-tharraing na talmhainn *gravitational pull*
a' mùchadh *stifle*
isean *chick, bird*

mar a dh'fhaodadh daoine bho phlanaid eile a bhith—ach dh'aithnichinn gur e boireannach a bha seo, boireannach òg.

Bha basgaid aice làn de lusan agus thuit sin gu làr. Dh'èigh i rud no dhà agus rinn i gluasad le na làmhan aice mar gun robh i a' feuchainn ri beathach a ghluasad. Bha an nighean a' feuchainn ri rids fhaighinn dhìom. Choisich mi nas fhaisge. Chithinn beagan feagail ann an sùil a' chreutair. Tha fhios gun robh i a' smaoineachadh gur e bòcan a bh' annam. Robh fios aice mun bhasgaid a chaidh a thoirt dhomh, no an e treubh eile bha seo? Thug mi a-mach dà mheas a bh' agam nam bhaga agus thairgse mi aon dhiubh dhan nighinn. Chuir seo stad oirre a bhith ag èigheachd airson mionaid agus leig e dhomh faighinn nas fhaisg. Bha fuaimean anns a' chànan aice nach aithnichinn.

Bha mi toilichte gur e nighean a bh' ann. Bho dheireadh thall sheas sinn faisg gu leòr air a' chèile gun robh fios ag an dithis againn nach robh càil dona a' dol a thachairt. Ghabh an nighean am meas agus shuidh i sìos leis. An dèidh dreiseag bheag, dh'èirich i agus choisich i air falbh.

Thachair an t-aon rud airson trì latha, gach latha an dithis againn a' fàs rudeigin nas cofhurtaile. Air a' cheathramh latha, bha nàdar bogha aig an nighinn. Rinn i soilleir dhomh gun robh sinn dol a shealg agus choisich sinn suas frith-rathaidean sa choille, a' lorg rudeigin sònraichte, a rèir choltais.

Bha mi an dòchas nach robh an nighean a' dol gam fhàgail oir bha mi rudeigin air chall. Bha inneal agam airson cuideachadh le sin, ach cha robh fios agam an obraicheadh e ann an àite far an robh na starain a' stad agus a' tionndadh gun sgur.

Thàinig sinn thairis air a' bheathach a bha sinn a' sireadh, coltach ri fiadh beag air an t-seann saoghal. Thug i a-mach saighead agus dh'fheuch i air, ach cha deach leatha agus ruith am beathach air falbh.

---

bòcan *ghost, spirit*
saighead *arrow*

Bha mi airson a dhol às a dhèidh ach cha robh an nighean airson gluasad. Bha mi cinnteach gun robh i air am beathach a leòn. Ruith mi às a dhèidh. Bha rudeigin a' cur stad oirre. Ach 's mathaid gun cuidicheadh e mi leis an treubh aice nan toirinn biadh thuca.

Chuala mi fuaim rudeigin a' tuiteam gu talamh, agus sgiamhail a' bheathaich. Ruith mi nas luaithe, agus chunnaic mi dè bha air tachairt. Bha toll mòr san talamh, air an robh mullach neònach, le pìosan maide biorach aig a' bhonn, agus am beathach beag air a bheatha a chall aig a' bhonn. Ach, a rèir choltais, chan ann le treubh na h-ighne a bha an rud seo. Agus bha e a' coimhead borb.

Dh'fhairich mi cuideigin a' coimhead orm. Thug mi a-mach a' phrosbaig bheag agam, a shealladh teas bhodhaig agus sheall mi air a' choille a bha taobh thall abhainn bheag a bha a' dol eadarainn.

Nan seasainn gun ghluasad, chithinn daoine. Gach aon dhiubh a' coimhead orm, àrd agus seang. Bha iad a' coimhead eadar-dhealaichte a-rithist bhon chiad treubh ris na choinnich mi.

Rinn mi an-àirde m' inntinn a dhol far an robh iad agus thòisich mi a' coiseachd tarsainn na h-aibhne. Chuala mi èigh ann an cànan coimheach eile agus sheall mi suas. Bha an t-adhar air a lìonadh le saigheadan.

---

sgiamhail *scream*
prosbaig *telescope*
seang *slim*

8

With her superior weaponry she can hide from the attackers, who are crudely armed but incredibly strong. She has the opportunity to kill one of them, but decides that perhaps it would be better to avoid these warring tribes altogether and find a safer place for herself.

Chrom mi sìos agus dhìth mi putan. Ann an diog bha mi air mo chuairteachadh le raon nach fhaiceadh tu, ach a shàbhail mi bho na saigheadan. Sheall mi suas agus chunnaic mi an uair sin gun robh ceathrar dhen treubh neònach ùr seo air gluasad gu taobh na h-aibhne againn agus bha iad a' ruith às dèidh na h-ìghne. Chunnaic mi cuideachd gun robh còignear a' ruith a-nis thugam fhìn.

Bha nàdar de chlaidheamhan aca nach robh uabhasach grinn air an dèanamh, ach bha e a' sealltainn gun robh comas aca iarann a chruthachadh. Bha na h-aghaidhean aca air am peantadh le dath nàdar gorm agus nàdar leathar tiugh orra.

Cha robh mi airson sabaid ach bha iad luath agus a' coimhead làidir. Thug mi a-mach an gunna agam agus loisg mi air an talamh faisg air far an robh iad. Leum clachan dhan adhar agus chuir seo beagan stad air na daoine. Fireannaich, shaoil leam. Loisg mi a-rithist agus thòisich iad a' ruith air falbh.

Thionndaidh mi agus ruith mi aig peilear mo bheatha an dèidh na h-ìghne. Lorg mi i ann am bealach beag eile, le triùir timcheall oirre. Cha robh iad a' sabaid, agus bha nàdar cànan a' dol eatarra. Chunnaic mi aon le nàdar lìon a shad e timcheall air an nighinn nuair a dh'fheuch i ri ruith air falbh. Thuit i chun an làir, agus leum dithis oirre, i a' breabadh agus ag èigheachd, agus dhragh iad i dha na craobhan.

---

a' ditheadh *pressing, squeezing*

Ruith mi cho luath 's a b' urrainn dhomh gu far an robh iad. Bha aon fhear air fhàgail, bha e troigh nas àirde na mi agus eagalach a' coimhead.

Thug mi a-mach an gunna agam ach an uair sin stad mi. Bha e ro fhurasta a bhith a' leigeil dha na faireachdainnean sin làmh-an-uachdar fhaighinn. Chan e sin a bha fa-near dhomh an seo, a bhith an sàs ann an sabaid bheag. A' gabhail taobh chuideigin air nach robh mi eòlach. Agus cò aig tha fios an robh mi ceart.

Stad mi beagan air falbh bhon fhear bhrùideil agus chuir mi air falbh an gunna agam. Thuirt an duine rudeigin agus thionndaidh e. Ann an diog bha e air falbh.

A' coiseachd air ais, rinn mi an-àirde m' inntinn an t-àite seo fhàgail. Cha robh e ceart dhomh. Bha mi feumach air àite nach robh cho cunnartach. Bha mi duilich mu dheidhinn, àite cho brèagha le gach rud faisg air làimh. Ach dh'fheumainn cuimhneachadh air na daoine agam fhìn. Sin an t-adhbhar a bha mi fhathast beò an dèidh nan linntean.

---

troigh *foot, 12 inches*

9

She works hard at repairing her vessel, but before she has a chance to move to a safer location she feels it being dragged away, only for the first wave of attackers to be attacked in turn. Trapped inside, she realises she has no time to lose if she is to implant the embryos.

Cha robh rudeigin ag obair.

Dh'fheuch mi ris an soitheach a thoirt dhan adhar ach cha robh i ag obair. Tha fhios gun do bhris rudeigin nuair a landaig i.

Bha mi fhìn comasach air an soitheach a chàradh agus bha an clò-bhualadair agam airson pàirtean às ùr a dhèanamh. Ach bheireadh e dreis, agus cha robh e a' còrdadh rium cho fosgailte 's a bha mi an seo. Bha mi taingeil gun robh na buill-airm ag obair.

Chuir mi a-mach dròn a dh'fhaicinn far am biodh àite nas fhèarr. Chuireadh an dròn beag seo fiosrachadh air ais chun a' choimpiutair agam air gach nì a bha a dhìth.

Lorg mi am panal a bha air a dhol a dhìth nuair a chaidh an soitheach tron iarmailt. Bha feadhainn de na circuits air an losgadh. Dà latha de dh'obair chruaidh agus bhiodh e deiseil. Thòisich mi anns a' bhad agus thuit mi an oidhche sin dhan leabaidh claoidhte. Cha robh mi fhathast cleachdte ri bhith a' gluasad mòran agus bha a' bhodhaig agam uaireannan a' faireachdainn mìle bliadhna aost'. Agus nach robh e fada nas aosta na sin.

Thuit an dorchadas air an talamh, dubh-dorch agus thuit mi nam shuain.

Chaidh mo dhùsgadh tron oidhche gu grad, an saoghal

---

ball-airm *weapon*
claoidhte *exhausted*

a' dol car a' mhuiltein agus mi a' tuiteam le brag air an làr. Bha cuideigin a' draghadh an t-soithich agam, ach ciamar? Sheall mi a-mach, bun-os-cionn. Bha dà bhiast air beulaibh an t-soithich, bha e coltach, le ròpannan fada ceangailte riutha agus gach fèith cho cruaidh ri meatailt.

Agus an uair sin mhothaich mi gur e meatailt a bh' ann, nàdar cèidsichean timcheall air dithis a bha coltach ri na daoine aig an abhainn. An dàrna treubh a choinnich mi. Thionndaidh mi na gunnaichean bha muigh ach cha ruigeadh iad na daoine coimheach. Loisg mi orra co-dhiù, 's mathaid gun cuireadh e feagal orra. Ach an uair sin chaidh mo shadail a-mach às an t-sèithear agam a-rithist.

Dh'fhaodainn feuchainn ri faighinn a-mach, ach cha robh fios agam dè an nàmhaid a bhiodh ann. Fad na h-ùine bha iad a' milleadh agus a' briseadh an t-soithich agam, a thug mi gu sàbhailte thar farsaingeachd agus tìm. Bha tòrr co-fhaireachdainn agam dhan t-soitheach seo. Cha leiginn dhaibh seo a dhèanamh.

Dh'fheuch mi ris an deise shònraichte a chur orm, agus gunna ceart fhaighinn bhon chiste-thasgaidh. Bha daoine air muin an t-soithich agam a-nis agus a' feuchainn le ùird no clachan no rudeigin, gus an doras a bhriseadh. Bha am fuaim uabhasach, bha iad ag iarraidh mo mharbhadh, bha sin cinnteach. Bha iad ag iarraidh an t-soithich agam. Chan e seo daoine gun chomas, gun innealan agus teicneòlas. Bha fios aca dè bha iad a' dèanamh.

Chuala mi an uair sin fuaim coltach ri uisge air taobh a-muigh an t-soithich, ach chunnaic mi gur e saigheadan a bh' annta. Chaidh aon tron amhaich aig aon de na biastan meatailt agus thuit e gu aon ghlùin. Chithinn meirg air an inneal, agus fuil ga sealltainn air. Gheàrr caraidean an duine às an inneal agus thuit e gu làr, agus ghabh cuideigin eile an t-àite aige. Dh'èirich am biast meatailt bhon làr a-rithist. Bha iad slaodach ach cho làidir.

---

car a' mhuiltein *somersault*
meirg *rust, corrosion*

Thuit mi agus bhuail mo cheann rudeigin cruaidh nuair a thòisich an soitheach a' gluasad a-rithist. Dh'fhairich mi fuil an turas seo. Cha b' urrainn dhomh seasamh ceart. Càite an robh iad gam thoirt? Carson a bha iad gam iarraidh?

Saigheadan eile mar shuail air an t-soitheach agus fhuair mi boillsgeadh a-mach uinneag, bun-os-cionn. Chithinn gun robh iad air stad agus gun robh feadhainn bhon chiad treubh ris na choinnich mi le làmhaich mhòra a' feuchainn ri na ròpaichean a ghearradh. Bha an obair a' fàs ro theth dhaibh, 's mathaid.

Agus an uair sin chunnaic mi aon de na h-innealan a' ruith air falbh agus faileasan eile ri thaobh. Bha an t-inneal eile a-nis na laighe air an làr, rudeigin coltach ri fuil ach cho dubh ri teàrr a' tighinn a-mach à càball na bhroilleach. Air a shocair, mar isean air nead, laigh an rud air an làr. Dh'fheuch am fear a bha a' stiùireadh an inneil ruith, ach chaidh a mharbhadh le clach.

Agus an uair sin, airson diog bheag, bha a h-uile càil sàmhach. Sheall mi timcheall, bha uiread rudan nan sgàird. Chaidh mi a-null air mo ghlùinean gu far an robh an coimpiutair. Bha sin fhathast a' dol, agus thug mi sùil aithghearr air na glainnichean anns an robh na bha a dhìth gus an rèis agam a chumail beò. Bha iad sin fhathast ann, ach bha aon briste.

Bha agam ri mi fhìn a dhèanamh trom cho luath 's a ghabhadh, gun fhios nach tachradh leithid a rud a-rithist. Chuir mi orm an t-inneal airson seo a dhèanamh gu luath agus ghabh e grèim orm. Bha an t-inneal furasta a chleachdadh, agus dh'fheuch mi gun an fhuil agam fhìn fhaighinn faisg air. Thagh mi gun robh mi ag iarraidh càraid bho dhiofar mhàthraichean agus athraichean, balach agus nighean. Agus ann am mionaid, bha mi trom le dithis. An uair sin dh'fhanntaig mi, an rud bho dheireadh a chunnaic mi, an fhuil agam a' dèanamh lòn beag brèagha air an làr.

---

nan sgàird *broken, smashed up*

10

She wakes up and realises that someone is trying to break into the vessel. She can't understand why her instruments didn't alert her to the presence of these life forms that are determined to kill her. She tries to take off but something isn't right, and the next thing she knows the doors have been breached and water is flooding in.

Fuaim beag. Agus fear eile.

Dhùisg mi. Bha pathadh orm.

Chan e fuaim beag a bh' ann. Bha cuideigin a' feuchainn ri an doras a bhriseadh.

Ciamar nach deach innse dhomh gun robh daoine air a' phlanaid seo? Na bhris an t-inneal sganaidh nuair a bha mi a' landadh? No an e nach aithnicheadh an t-inneal an DNA aca, gun robh e an dùil gur a beathaichean a bh' annta. Sin agad mearachd. Fear no tè saidheans a bha a' smaoineachadh gum biodh an saoghal seo coltach ris an t-saoghal againn fhìn. Mearachd cho sìmplidh. Chan e nach robh an t-inneal a' mothachadh nach robh rudeigin ann, 's e nach robh e ag aithneachadh dè bha e a' coimhead.

Cha robh mòran taghaidh agam. Ach an uair sin smaoinich mi air rudeigin. Dh'fhaodainn feuchainn ri sgèith. 'S mathaid gum biodh an soitheach math gu leòr airson sin, chan e a' dol gu planaid eile, ach dìreach fada gu leòr air falbh gus sàbhailteachd a ruighinn.

Chaidh mi a-null gu stèisean nan cungaidhean-leigheis agus rinn mi sgan air dè bha ceàrr orm. Gearraidhean as motha a bh' ann. Bha inneal agam a bha slànachadh ghearraidhean sa bhad. Ach sheall an sgan gun robh rudeigin nam bhroinn. Bha mi a' sileadh fala air mo thaobh a-staigh, bha e coltach. Cha robh tìde agam càil a dhèanamh mu dheidhinn sin.

Shuidh mi sa chathair agam, thàinig an soitheach beò agus

chuala mi an t-einnsean, ìosal agus uile-chumhachdach. Thog mi an soitheach bhon làr.

Ach cha robh rudeigin ceart. Cha chumadh e rèidh. Chaidh mi thairis air a' chiad loidhne de chraobhan ach beagan às dèidh sin, chaill an soitheach cumhachd agus an rud bho dheireadh air an robh cuimhne agam, 's e an soitheach a' landadh air a druim ann an loch, agus a' tòiseachadh a' dol fodha.

Fhuair mi brag eile nuair a landaig e. Shad mi dhìom an crios agam agus rinn mi air an doras. Ach nuair a dh'fhosgail mi e, thaom burn a-staigh agus thuit mi. Dh'èirich mi a-rithist, ach bha an soitheach a' dol air a beul foidhpe. Thàinig glainne sìos timcheall air an àite saidheans agam gus a dhìon agus dh'fheuch mi aon turas eile ri faighinn a-mach, ach cha robh e a-nis comasach, bha am burn a' tighinn a-staigh ro luath. Suas gu mo mhionach, suas gu m' amhaich ann an diog. Bha rud beag èadhair air fhàgail ann am pòcaid gu h-àrd, agus mar sin bha beagan tìde agam, ach cha robh mòran. Chuir mi orm aon de na deiseachan a bha mi a' cleachdadh tron t-siubhal fhada. Dhèanadh e a' chùis a thaobh ogsaidean, tha fhios gun dèanadh e a' chùis ann am bùrn.

Ach bha mi ro lag. Mar gun robh an deoch orm, chan fhaighinn cas no làmh ann. Bha am pòcaid èadhair a' fàs nas lugha 's nas lugha, agus chithinn gun robh am burn dearg, fann-dhearg timcheall orm.

Stad mi. Bha mi air fàiligeadh. Thàinig deòir gu mo shùilean nuair a smaoinich mi air. Anns an loch choimheach seo air saoghal fada bhon dachaigh, seo far am biodh a' chrìoch agam, agus crìoch nan daoine agam.

Agus le sin, chaidh bùrn a-staigh dha na sgamhanan agam agus thòisich mi a' bàsachadh.

---

rèidh *level, even*
sgamhan *lung*

11

It's difficult to recall the events that follow. She is carried away and her wounds are dressed. She seems to understand a little of what the people around her are saying in their own language, or it could just be that she's delirious.

Cha robh agam ach ìomhaighean briste bho na lean.

Dhùisg mi. Bha cuideigin a' bruthadh làidir air mo bhroilleach agus bha mi a' dìobhairt.

An uair sin bha cuimhne agam air a bhith air nàdar eileatrom fiodha agus iad gam ghiùlan tro na coilltean. Solas fann na grèine a-nis, agus beag air bheag, an teine a bha iad a' giùlan gus solas a thoirt dhaibh a' dol às.

Bha mi ann an uamh coltach ri uaigh. An robh mi air bàsachadh?

Bha boireannach a' tighinn a-staigh agus a' cur planntrais air a' phronnadh air na gearraidhean agam. Chan fhaighinn gu mullach an uisge gus mo smuaintean a tharraing ri chèile. Cò na daoine a shàbhail mi? Bha dùil agam gun robh mi gan aithneachadh ach bha a h-uile nì coimheach, an cànan agus an deoch a chùm iad orra a' toirt orm òl.

Beag air bheag dh'ionnsaich mi facal an siud 's an seo den chànan aca. Bha mi cinnteach gun robh mi a' cluinntinn facail a bha gu math coltach ris a' chànan againn fhìn. Ciamar a bha iad cho coltach rium fhìn? Cha robh sin a' dèanamh ciall idir. Bha iad eadar-dhealaichte gu leòr, ach an ann bhon aon stoc a thàinig sinn? Nam biodh an soitheach agam, dh'fhaodainn deuchainn DNA a dhèanamh.

Ach cha robh an inntinn agam làidir gu leòr airson mòran

---

eileatrom *stretcher*

fuasgladh fhaighinn air leithid a cheistean. Uaireannan bhithinn a' faireachdainn tinn, agus bha mi a' feuchainn ri dèanamh a-mach an e sin dìreach an dèidh mo cheann a bhualadh, no an robh bèibidh a' fàs na mo bhroinn.

12

As she recovers she begins to learn the language of the tribe by listening to their stories. Tended by Aithne, she gradually regains her strength, but she realises that once her children are born she will face a challenge from the leader of the tribe.

Chuala mi guth san dorchadas. Tè ag innse sgeulachd.

'Thàinig sinn an seo air soitheach àlainn fiodh, bhon t-seann saoghal, a sheòladh na speuran agus a dhìon a' chiad daoine bho gach nì. Agus bha an soitheach seo cho mòr 's gun do ghabh i gach duine air bòrd, agus le ar beathaichean agus biadh airson an turais. Bha cuideachd aon de gach planntrais bhon t-seann saoghal againn, saoghal a bha a-nis a' bàsachadh.

'Bha na ràimh cho fada 's gun srucadh tu gealach a' dol seachad leotha, agus leig sinn dhi i fhèin a stiùireadh thar an astair, agus cinnt againn gun nochdadh sinn aig saoghal ùr. Agus bha an crann cho àrd 's nach fhaiceadh tu am mullach agus na siùil cho mòr ri cuan an t-seann saoghail.

'Agus ged a bha iomadach linn a' dol seachad cha do bhàsaich duine air bòrd, agus fhuair iad uile beatha a sheas linntean, agus tha na h-ainmean aca sgrìobhte anns na rionnagan a chì sinn agus bidh sinn a' toirt taing dhaibh gu sìorraidh.

'Agus nuair a ràinig sinn an saoghal ùr thàinig sinn uile bhon t-soitheach agus sheòl i na h-aonar a-mach gu muir, agus 's ann an sin a tha i a' feitheamh gus ar dìon a-rithist nan tigeadh feum air. Agus nuair a bhios sinn fhìn a' bàsachadh bidh sinn a' dol gu muir ann am bàta fiodh

---

ràmh *oar*
crann *mast*

dèante anns an t-saoghal seo, agus a' seòladh thar a' chuain gus a bhith còmhla ri ar daoine air an t-Soitheach, far am bi beatha bhith-bhuan againn.'

An dèidh beagan sheachdainean bha gu leòr cànain agam airson an sgeulachd sin a thuigse. Bha aon tè òg ann leis an ainm Aithne, anns a' chànan aca, a chuir seachad barrachd tìde leam, agus gu dearbh thug iad urram dhi. Cha b' e daoine beairteach a bh' annta, ged a bha na h-uiread de mheatailt ann, agus aon mheatailt uaine dha robh iad a toirt urram thar nan uile. Ach cha robh gainnead càil ann dhaibh.

'S ann mar sin a dh'ionnsaich mi an cànan aca gu ìre, ag èisteachd ri na seann sgeulachdan.

Anns an t-seann leabhar againn, cha robh ann ach aon saoghal, agus aon rèis dhaoine ach bha linntean bho bha fios againn nach robh sin fìor, agus cha robh ach beagan dhaoine a bha a' gabhail ri na leabhraichean san t-seann saoghal. 'S mathaid nach robh an saoghal sin ann a-nis.

Cha robh mi ga chreids', gun robh iad air nochdadh air eathar mòr fiodh, ach 's mathaid gun robh rud beag fìrinn ann. Gun robh iad air siubhal an seo.

Bha fadachd orm tuilleadh fhaighinn a-mach mu na daoine eile a bha air an t-saoghal seo. Cò iad agus cia mheud a bh' ann? Cò às a thàinig iadsan? Bha iad fada nas adhartaiche a thaobh teicneòlas ach bha e follaiseach nach buineadh iad dhan t-saoghal seo. Agus na h-innealan a bh' aca, bha iad robach, mar nach robh fios aca mar a dhèanadh iad às ùr iad. Bha coltas aost', aost' orra.

'S e an soitheach agam a' chiad rud air an do smaoinich mi. Bha e caillt gu sìorraidh. Bha cuideachd iomagain orm gun robh mi air an dà leanabh a chall, ach aon latha dh'fhairich mi breab. Cha robh fios agam air ceann-latha, nochdadh iad nuair a nochdadh iad. Beò, làidir, fallain, bha mi an dòchas.

Bha na daoine seo beò ann an taighean cruinne cloiche faisg air oir na tràghad. Bha iad a' cleachdadh fiodh bho na

---

fadachd *longing, yearning*

coilltean airson bàtaichean beaga grinn a dhèanamh, agus bha iarann aca. Mar sin bha làmhaich agus saigheadan agus a h-uile seòrsa rud aca ann am meatailt, agus poitean agus targain anns a' mheatailt uaine a bha iad a' cleachdadh.

Bha iad gu math coibhneil rium, cha robh mi buileach a' tuigsinn carson a bha iad cho umhail agus an dèidh dreis thòisich mi smaoineachadh gur mathaid gun robh iad ag iarraidh rudeigin bhuam.

Beag air bheag, shlànaich mi, gus an d' fhuair mi mi fhìn, aon latha nam sheasamh aig oir na mara a-rithist. Bha mi a' faireachdainn slàn gu leòr airson snàmh agus coiseachd. Cha robh na daoine a bha coimhead às mo dhèidh dòigheil gun deidhinn ro fhada, ach bha mi ag iarraidh mo shlàinte air ais.

Ghabh mi cuairtean agus shnàmh mi a h-uile latha. Agus uaireannan ann an àiteachan sàmhach, nam aonar, dh'fheuchainn an neart agam. Bha mi dha-rìribh mar dhia air a' phlanaid seo. Thogainn clachan nach gluaiseadh càil air an t-seann saoghal. B' urrainn dhomh leumail trì trupan nas àirde. Ghabh mi meangan craoibhe na mo làimh aon turas agus le bhith ga dhìtheadh, rinn mi bleideagan dheth. Bha mi an dùil gun robh mi nam aonar, ach bhiodh e neònach mura biodh cuideigin a' coimhead orm. Bha e math gun robh fios aca cho làidir 's a bha mi.

'S mathaid gur e sin an t-adhbhar nach robh an ceann-cinnidh aca cho dòigheil mi a bhith timcheall. 'S e boireannach àrd, làidir a bh' innte cuideachd. Is e an neach as làidire a chaidh a taghadh airson ceann-cinnidh, ach bha deagh choltas ann gun robh mi nas làidire na i.

Mar as motha tìde a chur Aithne seachad leam, 's ann as motha a fhuair mi a-mach mu dheidhinn nan daoine agus nan dòighean aca. Ach cha robh iad deònach airson ùine

targan *shield*
meangan *branch*
bleideag *flake*
ceann-cinnidh *clan chief*

mhòr bruidhinn air na daoine eile. 'S e 'na Srainnsearan' a bh' aca orra.

Thill na smuaintean agam bho dheireadh thall, mar as àbhaist, gu mar a dh'fhaodainn an rud a bha mi air cur romham a choileanadh. Agus bha agam ri co-dhùnadh nach robh mòran teans agam mura faighinn cuideachadh. Nam bithinn os cionn nan daoine seo, dh'fhaodainn an uair sin 's mathaid an soitheach agam a thogail bho ghrunnd an locha ud, agus choimheadeadh iad às mo dhèidh nuair a thigeadh na pàistean. Cha b' e an t-àm as fheàrr clann a bhith agam ach bha mi toilichte gun do rinn mi e. Cha robh mi cinnteach am faicinn an soitheach agam a-rithist.

Uaireannan choimheadainn dha na speuran tron oidhche, ach bha fios agam gun robh an saoghal agam ro fhada air falbh airson fhaicinn gu nàdarra. Bha cianalas orm.

Bha Aithne faisg orm tric, agus dh'ionnsaich mi an t-uabhas bhuaipe mu bheòshlaint a dhèanamh. Bha an talamh agus am muir fialaidh an seo, agus chuir na daoine seachad mòran ùine an dèidh am biadh aca a chruinneachadh ag innse sgeulachdan, gu h-àraidh sgeulachdan mu na seann làithean. Bhiodh e gu math furasta dhomh a bhith a' gabhail ris a' bheatha seo. Cha robh ach an aon bheatha agam, agus bha mi air fada gu leòr a chur seachad glaist' ann an ciste mheatailt.

Ach daonnan nam inntinn, bha an t-adhbhar a bha mi an seo.

Agus bha fios agam, an dèidh dhan bhreith, gun robh agam ri sabaid na tè a bha os cionn an treubha. Agus gun robh agam ri buannachadh.

---

cianalas *homesickness*

13

The birth of her children lifts her spirits, but the leader of the tribe isn't going to let her live among them unchallenged. Hand-to-hand combat between the strongest members of the clan is the traditional way to decide who will lead them, and there is also the question of standing up to the Strangers. A fight is inevitable.

Thàinig a' chlann agus chuidich bean-ghlùine a' bhaile mi. Cha robh mi fhathast a' tuigse ciamar a dh'fhaodadh sinne a bhith cho coltach ri chèile mar dhaoine, ach cha do chuir càil iongnadh air a' bhean-ghlùine.

Mìos às dèidh a' bhreith, bha mi gu math fallain a-rithist, agus dithis bheag agam, balach agus nighean. Thug seo togail uabhasach dhomh, ceum mòr gus saoghal ùr a chruthachadh. Ghabh mi na h-uiread cuideachadh, ach bha mi airson gum biodh an cànan aca, gum biodh na dòighean aca fhèin aca. Chan e dòighean an treubha eile seo.

Thàinig an ceann-cinnidh gam fhaicinn. Boireannach cruaidh a' coimhead, dh'fheumadh i a bhith, tha fhios. Chan e daoine a bh' annta a bhiodh ag ràdh cus, ach bho dheireadh thall bhruidhinn i.

'Bidh thu ag iarraidh mo shabaid a-nis.'

Chlisg mi, cha robh mi an dùil gun robh fios aig duine eile air na smuaintean agam.

'Chan eil fios agam.'

'Tha thu air a bhith a' smaoineachadh air. Tha thu air a bhith a' dol a-mach dhan choille agus ag obair air do bhodhaig. A' fàs làidir.'

'Cha leig sinn a leas sabaid. Ma chuidicheas thu mi le rudeigin.'

---

bean-ghlùine *midwife*

'Dè?' ars i.

'An soitheach agam fhaighinn air ais.'

'Cuidichidh sinn le sin ma nì thu rudeigin dhuinne. Cuir às dhan nàmhaid.'

Sin a' chiad turas a chuala mi cuideigin a' togail a' chuspair.

'Inns dhomh mu dheidhinn an nàmhaid agaibh.'

'Tha thu fhèin air am faicinn. Chì thu na nì iad. Tha iad air falbh le na nigheanan againn.'

'A bheil sibh a' sabaid le chèile tric?'

'Chan eil a-nis. Ach anns na seann làithean, nuair a nochd iad an toiseachd, bha.'

'Cuin a nochd iad?'

Smaoinich am boireannach.

'Bheil fios agad, chan eil e math a bhith a' bruidhinn mun deidhinn. 'S e bòcain a th' annta a dh'fhaodas gabhail thairis na smuaintean agad ma bhruidhneas tu orra. Tha rudan aca agus chan e beathach no duine a th' annta. Agus bidh iad a' cladhach anns an talamh airson fuil dhubh a dhùsgadh gus na h-innealan aca a bhiathadh.'

'Dè na h-innealan a th' aca?'

'Chan eil fios againn ceart, oir cha tàinig duine beò air ais a chaidh tarsainn na h-aibhne. Ach tha iad ag ràdh gu bheil soitheach aca coltach ris an fhear agadsa, ach fada, fada nas motha, agus anns na seann làithean, 's ann oirre a thàinig iad an seo gus an tìr a thruailleadh.'

'Agus cuin a bha sin?'

'Tha iomadach ginealach bhon uair sin. Tha iad air milleadh a dhèanamh bho thàinig iad.'

Cha robh fios agam carson a bha i cho fosgailte mu dheidhinn, ach chùm mi a' dol a' faighneachd cheistean.

'Bheil tòrr dhiubh ann?'

'Tha clann air a bhith aca bho nochd iad. Cha robh iad an toiseachd comasach air a bhith beò san tìr seo, mar sin thug

---

a' truailleadh *polluting*

sinn biadh agus aodach dhaibh. Ach bha iad luath tionndadh
gu fuil. 'S e plàigh a th' annta air an t-saoghal seo.'

Sheall mi ri na speuran. Chùm i oirre a' bruidhinn.

'Tha aon dia aig na Srainnsearan a tha iad ag ràdh a
chruthaich an saoghal agus gach nì ann. Agus tha an dia aca
a' toirt neart dhaibh. Ged nach eil mòran diù aca airson na
talmhainn agus gach nì a th' ann. Tha iad ag ràdh gu bheil
iad fhèin a' riaghladh gach beathach. Bidh sinn a' feuchainn
ri cliù agus urram a thoirt dhan phlanaid a tha gar giùlan
tron bheatha seo, gus an tig an soitheach a-rithist gus ar toirt
chun an ath shaoghail, agus chun an ath shaoghail far a bheil
sinn an dòchas gun tig sinn a-rithist, bho dheireadh thall, gu
ar dachaigh. Ach co-dhiù, dè math a bhith a' bruidhinn orra?
Tha sinn a-nis air a bhith ginealaichean a' sabaid agus cha
bhi deireadh air gus am bi crìoch orra. Is e sin an t-adhbhar
a tha thu an seo. Gus ar cuideachadh an saoghal a ghabhail
air ais. Oir chaidh a sgrìobhadh anns na seann leabhraichean
gun tigeadh tè a shàbhaladh sinn nuair a bha sinn ann an
cunnart, agus gun tigeadh i mar ghath teinnteach às na
speuran.'

'Chan eil mi a' dol a chur às dhaibh air do shon.'

Choimhead i orm airson ùine mhòr às dèidh dhomh seo
a ràdh.

'Tha mi a' tuigse carson a thu a' faireachdainn mar sin,'
thuirt i, 'ach chan fhaic thu gluasadan an t-saoghail gu lèir.
'S e sin a tha an Dàn. Inns dhomh dè tha na daoine agads'
a' smaoineachadh. Cò às a thàinig sibh?'

'Tha sinn a' creids' ann an saidheans.'

'Agus roimhe sin?'

Smaoinich mi, a' feuchainn ri cuimhneachadh.

'Bha sinne a' creids' gur e na seann dhiathan a chruthaich
an saoghal againn cuideachd.'

---

plàigh *plague*
gath teinnteach *a fiery dart*
dàn *destiny*

'Cia mheud?'

'Bha deichnear ann, ach bha aon, am fear as àirde, a bha cumhachdach thar iad uile agus is e esan a chruthaich an talamh, agus am muir.'

'Chan eil sinne a' creids' ann an diathan. Tha sinn a' creids' nach eil toiseachd no deireadh air tìm, agus gur e taistealaich a th' annainn uile, gun againn ach àite san t-saoghal seo airson ùine glè bheag mus bi againn ri fàgail a-rithist. 'S e an t-aon dòchas a th' againn fhad 's a tha sinn an seo gum bi an soitheach gar stiùireadh gu sìorraidh gu dachaigh ùr.'

Thàinig i faisg.

'Carson a tha thu fhèin an seo? Tè a shiubhail na speuran.'

Bha mi faisg air an fhìrinn innse, ach cha robh mi ag iarraidh.

Chitheadh an ceann-cinnidh gun robh adhbhar ann, bha mi a' falachd rudeigin air cùlaibh mo shùilean.

'Tha thu sàbhailte an seo. Tha luchd-siubhail daonnan a' faighinn gach urram. A bheil thu a' sireadh saoghal ùr airson nan daoine agad?'

Cha tuirt mi càil.

'Càit a bheil an còrr dhe na daoine agad?'

'Chan eil fios agam.'

'A bheil iad a' tighinn cuideachd?'

'Chan eil.'

'A bheil thu ag innse na fìrinn?'

'Cho fad 's a tha fios agam. Tha an saoghal agam fada, fada air falbh, mìltean de ghinealaichean air falbh.'

'Cha bhi fois agad air an t-saoghal seo fhad 's a tha na Srainnsearan ann.'

'Cuidich mi an soitheach agam fhaighinn agus falbhaidh mi.'

Sheas am boireannach. Lìon i an rùm.

'Nuair a bhios a' chlann agad bliadhna a dh'aois, thig sinn dhan choille agus nì sinn sabaid gus faicinn cò gheibh a dhòigh fhèin. Ma bhuannaicheas tusa, 's tu a bhios

os cionn nan daoine againn. Faodaidh tu toirt orra an
soitheach agad a thoirt gu tìr a-rithist, fiù 's ma bhàsaicheas
gu leòr ga dhèanamh leis cho domhainn 's a tha e. Ach ma
bhuannaicheas mise, feumaidh tu dhol dhan tìr dhorcha far
a bheil an nàmhaid, agus feumaidh tu a' chlann-nighean a
ghoid iad fhaighinn air ais. Agus togaidh sinn an soitheach
agad a-rithist, ach an turas seo cleachdaidh tu e gus crìoch a
thoirt air an nàmhaid againn, mun adhbhraich iad deireadh
an saoghail.'

Thionndaidh i agus dh'fhosgail i an doras trom fiodh.

'Is e daonnan an duine, fireann no boireann, as làidire a
tha os ar cionn. Tha daoine ag ràdh gu bheil thu nas làidire
na mise. Chì sinn a bheil sin fìor.'

Dh'fhàg i. Bha a' ghaoth fuar mun do dhùin an doras.

14

Aithne trains her in combat with the tribe's traditional weapon. What she lacks in skill she finds she can make up for in sheer strength. But will this be enough when she has to face the leader of the tribe?

Cha robh mi cleachdte ri sabaid làmh ri làimh. Bha mi air trèanadh leis an armachd shònraichte agam, ach 's e rud eadar-dhealaichte a bha seo. Bha mi làidir, bha fios agam air sin. Ach cuideachd cha robh mi cleachdte ris an neart sin. Agus chan e neart a h-uile càil ann an sabaid. Bha an ceann-cinnidh carach agus bha i air seo a dhèanamh iomadach uair, bha e coltach.

Dh'fhalbh a' bhliadhna seachad gu luath, agus chuir mi seachad gu leòr dheth a' coimhead às dèidh na cloinne bige agam, agus iad cho prìseil.

Aon latha bha Aithne a' coimhead iomagaineach, agus cha chanadh i carson. Bho dheireadh thall dh'inns i dhomh gun robh feagal oirre air mo shon. Cha robh riaghailtean anns an t-sabaid, agus bha gu leòr dhaoine air bàsachadh air a sgàth 's. Thug i rud a-mach à baga, nàdar caman beag fiodh.

'Seo,' thuirt i. 'Seo a bhios thu a' cleachdadh anns an t-sabaid.'

'Cha tuirt duine seo rium,' thuirt mi.

''S e fhathast srainnsear a th' annad. Agus tha fios aig daoine ma chailleas tu, dè bhios agad ri dèanamh. Tha iad airson gun caill thu.'

'Cha mharbh mi na daoine sin.'

Bha Aithne ùine mhòr mun tuirt i càil.

---

carach *wily*

'An e nach cumadh tu d' fhacal?'

'Chan e sin e,' thuirt mi. 'Ach cha mhurt mi duine. Cha chaill mi.'

'Chan e ceann-cinnidh math a bhios annad mura cùm thu d' fhacal.'

'Nach ise a tha ag iarraidh sabaid? Cha mhise a dh'fhaighnich air a shon.'

'Trobhad. Seallaidh mi dhut mar a chleachdas tu e.' Agus chaidh an dithis aca le na naoidheanan domhainn dhan choille.

Chuir e iongnadh mòr orm cho luath 's a ghluaiseadh Aithne leis a' chaman. Gach turas a dh'fheuch mi ri grèim fhaighinn oirre, cha bhiodh i ann agus dh'fhairichinn buille bheag dhan druim no dhan chois agam.

An dèidh deich mionaidean dhen seo stad sinn agus shuidh sinn sìos.

'Dè tha sinn a' dol a' dhèanamh?' arsa Aithne.

Dh'fheumainn aideachadh nach robh càil a dh'fhios agam.

'Dh'fhaodainn gun a bhith sabaid.'

'Na ghabh thu an dùbhlan?'

'Ghabh.'

'Feumaidh tu sabaid ma-thà, no fàgail.'

'Dh'fhaodainn fàgail. Bhiodh sin ceart gu leòr.'

'Chan fhaod thu càil a thoirt leat. Chailleadh tu an t-inneal agad. Agus a' chlann agad.'

Choimhead Aithne orm. Cha robh i a-riamh air ceistean fhaighneachd dhomh.

'Tha iad ag ràdh gu bheil am bàta agad a' sgèith. Agus gu bheil gathan teine a' tighinn às.'

'Tha,' arsa mi.

'An e dia a th' annad?'

'Chan e. 'S ann dìreach à saoghal eile a tha mi.'

'Bha sinn a' smaoineachadh gur e diathan a bh' anns na

---

naoidhean *infant*
dùbhlan *challenge*

Srainnsearan an toiseachd. Gus an do thòisich iad a' gabhail brath.'

'Dè bha iad a' dèanamh?'

'Falbh le rudan, agus chan ann leothasan a bha iad. Agus bha sabaid ann.'

'Agus cò às a thàinig iadsan?'

'Chan innse iad dhuinn. Chan eil iad a' cur earbs' annainn, tha mi a' creids'.' Laigh i air ais air an talamh. Cha mhòr gun robh i air a h-anail throm a tharraing idir an dèidh na sabaid againn. Sheall i ri na speuran.

'Thàinig sinn an seo à saoghal eile. Carson, ma-thà, nach tig daoine eile? Ach tha feagal oirnn gum falbh iad le cus. Tha clann aca agus an dèidh dreis bidh clann acasan, agus chan eil fios agam ciamar a dh'fhaodas an fhuil stad leis a' chearcall anns a bheil sinn.'

'Agus chan urrainn dhuibh caraidean a dhèanamh leotha?'

'Chan urrainn. Tha sinn diofraichte. Agus chan atharraich sin.'

'Dè bhios iad a' dèanamh leis a' chlann-nighean?'

'Chan eil fios againn. Tha cus feagail oirnn smaoineachadh mu dheidhinn.'

'Ach tha tòrr a bharrachd ann den treubh agaibh. Carson nach gabh sibh air ais iad?'

'Dh'fheuch sinn. Ach tha rudeigin aca a bhios a' marbhadh dhaoine nach eil againne. Bhàsaich cus dhaoine.'

Sheas i an-àirde.

'A bheil thu ag iarraidh feuchainn a-rithist?'

'Chan eil. Cha bhuannaich mi nad aghaidh a-chaoidh.'

'Seall dhomh dè *'s urrainn* dhut dèanamh, ma-thà.'

Chaidh mi a-null gu far an robh craobh bheag agus reub mi a-mach às an talamh e.

'Glè mhath. Glè mhath. 'S e toiseachd tòiseachaidh tha sin.'

---

a' gabhail brath *taking advantage*

15

The day has come when the two women must fight, and everything depends on beating the leader of the tribe, but she is a skilful fighter and a formidable opponent.

Bha iad air nàdar àite a dhèanamh dhuinn sabaid am measg nan craobhan agus bho dheireadh thall, nuair a bha na naoidheanan bliadhna a dh'aois, thàinig an là.

Bha còignear bhoireannach a' coimhead às mo dhèidh, a' suathadh ola air mo chraiceann agus an uair sin gam pheantadh. Dh'fheuch iad ris an t-aodach gu lèir agam a thoirt dhìom ach cha leiginn dhaibh. Agus bha iad ag iarraidh am falt agam a ghearradh gus an robh mi maol. Cha leiginn dhaibh seo a dhèanamh nas motha. Bha falt sgoinneil agam.

Choisich sinn gun fhacal gu far an robh an t-sabaid a' dol a ghabhail àite. Bha an t-uabhas dhaoine a' seasamh ann an cearcall, gach aon dhiubh a' coimhead orm. Chunnaic mi an uair sin an ceann-cinnidh. Bha i nas àirde na bha cuimhne agam. Bha i liormachd, agus a ceann maol, an craiceann aice gleansach le ola agus air a pheantadh le *hieroglyphs* gorma. Bha i a' coimhead eagalach. Ach bha mo bheatha an crochadh air seo agus bha fios agam gun robh mi làidir. Bha beatha nan naoidhean agam an crochadh air cuideachd. Dh'fheumainn buannachadh.

Thòisich an sluagh a' dèanamh fuaim àmhgharach, a' bualadh na talmhainn le ruitheam. Agus an uair sin bha i air mo bheulaibh. Rinn na daoine cràbhaidh am beannachadh bho dheireadh air an dithis againn agus choisich sinn deiseil air a chèile. Thugar na camain dhuinn.

---

maol *bald*
cràbhaidh *religious*

Thòisich e.

Choisich sinn air ar socair timcheall air a chèile, a' coimhead, càit an robh an duine eile a' coimhead làidir, a' smaoineachadh air a' chiad bhuille.

Leum an tèile orm, àrd dhan adhar, a' feuchainn ris an caman a thoirt sìos air mo cheann, ach ghluais mi a-mach às an rathad aithghearr gu leòr. An uair sin an caman a' dol ann an cearcaill agus a' suathadh ris a' chois agam. Fad na h-ùine bha na rudan a bha Aithne air a ràdh nam cheann, mar a bu chòir dhomh gluasad, ach chithinn gun robh an tèile air a bhith ri seo fad a beatha, bha an caman mar phàirt eile den làimh aice mar a bha i ga chleachdadh. Agus chitheadh an tèile seo nach robh mi cho sgileil rithe. An dèidh aon ruith de ghluasadan eile fhuair i air buille a landadh air an druim agam, agus thàinig fiamh-ghàire gu beul a' chinn-chinnidh.

Bha sinn mar sin airson uair a thìde, a' danns timcheall air a chèile agus a' landadh bhuillean. Bha fuil a-nis a' taomadh à gearradh os cionn mo shùla agus dh'fhairich mi mi fhìn slaodach, mo ghàirdean agus mo chas goirt far an deach am bualadh. Cha mhaireadh e fada nan cumadh seo a' dol, bha fios agam air sin, bha i cho grinn leis a' chaman.

Nam buannaichinn, bha teans aig na daoine againn. Bhiodh cuideachadh agam gus naoidhean eile a thogail, an soitheach agam a dhèanamh slàn, daoine a bhiodh gam dhìon agus a' toirt biadh dhomh agus aig deireadh an latha, chuidicheadh iad mi gus saoghal ùr a thogail dhan treubh agam. Bha e air tighinn sìos gu seo—sabaid anns a' chlàbar le dà phìos fhiodh, bha beatha iomadach duine nach robh fhathast air am breith an crochadh air. Agus cuimhne air na daoine agam. Agus bha mi a' fàs lag, ga fhaighinn duilich coimhead tron fhuil a bha a' sruthadh sìos an aghaidh agam.

Chithinn gun robh an ceann-cinnidh a-nis a' gabhail air a socair, gun robh e a' còrdadh rithe. Chleachdadh i seo airson sealltainn cho cumhachdach 's a bha i. Nach b' urrainn

---

clàbar *mud*

dha dia bho shaoghal eile fiù 's a' chùis a dhèanamh oirre. Agus bha e a' còrdadh ri na daoine aice, feadhainn dhiubh a' laighe air an talamh leis an deoch, feadhainn dhiubh anns na craobhan ag èigheachd airson fuil. Mharbhadh i mi. Cha leigeadh i leam a bhith beò. Agus bhàsaicheadh an dithis leanabh agam cuideachd.

Bha mi a-nis air mo ghlùinean, chuala mi an ceann-cinnidh air mo chùlaibh, agus a' ghràisg ag èigheachd, ag ràdh rithe crìoch a chur air. An uair sin bha i air mo bheulaibh, àrd os mo chionn. An caman gu h-àrd agus ag ràdh rudeigin nach tuiginn.

Chunnaic mi Aithne air an taobh thall. Bha i a' coimhead brònach. Ghluais a beul. Cha chluinninn càil anns an fhuaim, bha mi a-nis dubh le clàbar, na cluasan agam làn dheth far an robh an tèile air mo cheann a chumail ann. Dh'fheuch mi ri dèanamh a-mach dè bha Aithne ag ràdh.

'S e craobh a th' innte. An e sin a bha i ag ràdh?

Leig mi às an caman agus chaidh mi gu aon ghlùin. Rinn an sluagh fuaim àrd nuair a rinn mi sin. Bha 'd an dùil gun robh e seachad. Agus an uair sin leum mi cho luath 's a b' urrainn dhomh air an tèile. Chuir mi na làmhan agam timcheall oirre, timcheall air a' bhroilleach aice. Bha an craiceann aice sleamhainn ach bhìd mi am boireannach eile, chuir mi na fiaclan agam gu domhainn anns an amhaich aice gus grèim a chumail agus thòisich mi a' ditheadh le gach pìos neirt a bh' annam.

Bha an tèile làidir ach dh'fhairich mi an anail a' dol aiste leis mar a bha mi a' bruthadh. Am beul agam làn fala a-nis, blas meatailt. Dh'fhairich mi cnàmh a' briseadh agus anns an diog sin bha fios agam.

Thog mi an ceann-cinnidh bhon làr dìreach mar a thog mi a' chraobh bheag ud a' chiad latha le Aithne. A-nis bha daoine ag èigheachd, fadachd orra pàirt a ghabhail sa bhlàr. Ach chan fhaodadh iad.

---

gràisg *mob*

Stad mi ga bìdeadh, thog mi mo cheann gu na speuran agus le èigh àrd mo chinn, dhìth mi cho cruaidh 's a b' urrainn dhomh gus an cuala mi fuaim beag, cnàmh-droma an tèile a' briseadh. Chaidh i lag, agus dh'fhalbh an neart gu lèir às a' bhoireannach eile, mun do thuit i chun an làir, briste.

Bha an sluagh sàmhach, cho sàmhach 's a dh'fhaodadh uiread de dhaoine a bhith. Dè nis a thachradh? An gabhadh iad dìoghaltas air na rinn mi? Am biodh tèile no fear eile ag iarraidh sabaid leam a-nis?

Ach ann an aon ghluasad, thuit an sluagh gu aon ghlùin, agus thug iad urram dhan cheann-chinnidh ùr aca.

---

dìoghaltas *revenge*

16

With Aithne's help she recovers from the fight, but the tribe are unable to recover her vessel, and she still has to deal with the Strangers. Hoping that their technology will provide a solution, she prepares to face them.

Bha mi goirt an dèidh na sabaid agus bha feagal orm nach dèanainn a' chùis air tighinn troimhe. Ach bha Aithne daonnan ri mo thaobh agus bha aon chungaidh-leigheis a chuidich gus cuidhteas fhaighinn de ghabhaltachd a bha faisg air gabhail grèim.

Tron fhiabhras bhruidhinn mi air an t-seann saoghal agam, tha coltach, agus mi a' caoidh nach robh e idir ann a-nis. An robh na ginealaichean a thàinig às mo dhèidh air a' chùis a dhèanamh air na h-innealan a thàinig gu fèin-aithne, no an robh gach duine dhiubh a-nis marbh. An robh na h-innealan sin a' dol a-mach gu planaidean eile, a' gabhail thairis a h-uile sìon gus nach biodh beatha sam bith air fhàgail, cho falamh ris an fharsaingeachd. Bha gach beatha a chaidh a chall mar ghràinne gainmhich agus bha e gam thachdadh tro dhorchadas fada nan oidhcheannan.

An uair sin bhris am fiabhras agam agus bha mi math gu leòr gus rud beag brot a ghabhail.

An dèidh dhomh rud beag neart fhaighinn air ais, dh'fhaighnich mi dha Aithne an gabhadh i thairis a bhith a' freagairt cheistean an t-sluaigh fhad 's a dh'fhàsainn nas fheàrr.

Agus an dèidh dhomh an neart agam fhaighinn air ais, chuir mi seachad mòran ùine nam aonar, nam laighe san

---

gabhaltachd *infection*
fiabhras *fever*

dorchadas a' smaoineachadh air dè bu chòir dhomh a dhèanamh.

Dh'fheuch iad ris an soitheach agam fhaighinn air ais suas ach bha e ro dhomhainn. Bha iad sgileil mar dhàibhearan, ach cha ruigeadh iad idir cho domhainn ri sin agus cha mhòr nach do bhàsaich dithis a' feuchainn.

Dè an dòigh as fheàrr a bhith a' dèiligeadh le na Srainnsearan? Bha agam ri cuimhneachadh fad na h-ùine nach iad seo na daoine agam, ach bha e duilich uaireannan. Bha iad timcheall orm. Cha robh e idir mar gun robh iad bho shaoghal gu tur diofraichte.

Chuir mi seachad tòrr tìde a' smaoineachadh air an dòigh as fheàrr bruidhinn ri na Srainnsearan. Cha b' urrainn dhomh a dhol ann le daoine bhon treubh, oir tha fhios gum biodh buaireadh ann. Cha b' urrainn dhomh dhol ann leis an armachd agam am follais, agus co-dhiù, cha robh mòran idir agam an dèidh an soitheach a chall.

Dè thachradh mura dèanainn càil? Seo a bhiodh agam mar bheatha, agus às aonais an stuic eile a bh' air an t-soitheach, bhiodh a' chlann agam air an gabhail a-staigh dhan treubh seo agus siud an deireadh. Bha agam ri cuimhneachadh daonnan gun robh sin os cionn nan uile—dachaigh ùr a lorg dha na daoine againn, ge bith de bh' agam ri dhèanamh airson gun tachradh sin. Sin a' ghuidhe a ghabh mi air beulaibh nan daoine agam.

Bha fios agam gun robh teicneòlas aig na Srainnsearan. Chunnaic mi na deiseachan iarainn a bh' aca, agus tharraing iad sin an soitheach agam gun trioblaid sam bith. Bha agam ri cuideachadh fhaighinn bhuapa.

Bha sin gam fhàgail le aon slighe. A dhol a dh'fhaicinn nan daoine sin nam aonar, gun ghunna no saighead. Liormachd agus fosgailte, agus mi an dòchas gum bruidhneadh iad rium.

Ach dè an cànan a bhiodh againn? Sin a' cheist eile. Cha

---

guidhe *oath*

lorgainn duine a bhruidhneadh an cànan aca am measg an t-sluaigh. 'S mathaid nach robh iad ag aideachadh, 's mathaid gun robh.

Dh'inns mi dha Aithne na bha mi air cur romham, agus lìon an aghaidh aice le uabhas. Cha robh duine air a dhol faisg air na Srainnsearan airson iomadach beatha, agus air thighinn air ais beò. Bha i a' guidhe, a' feuchainn a h-uile càil gus stad a chur orm. Ach chan fhaicinn slighe eile air adhart.

Sin a bha agam ri dhèanamh, fiù 's nan robh e a' ciallachadh mo bheatha.

17

She approaches the Strangers' camp with caution, aware that she could be in mortal danger. They appear to be barbarians, but when they start to speak to her she is amazed by what ensues.

Dh'fhàg mi tron oidhche, gun fhios aig duine beò gun robh mi a' falbh ach Aithne. Bha ise air a ràdh gun tigeadh i còmhla rium gu na crìochan, gus an lorgainn na Srainnsearan. Ach an dèidh sin, bha mi nam aonar agus sin mar a bha mi ga iarraidh.

Thug i taobh mi far an robh a' choille cho àrd agus aost' gun robh e duilich coimhead far an robh sinn a' dol. Bha Aithne aotrom air a casan, eòlach, ach 's e slighe gharbh a bh' ann. Choisich sinn fad na h-oidhche, gus bho dheireadh thall, mun do dh'èirich a' ghrian, bha sinn faisg air tìr nan Srainnsear.

Rinn Aithne beannachadh mun do dh'fhalbh i. Agus mun tàinig a' ghrian am follais ceart, bha i air falbh. Thug mi dhìom a' mhòr-chuid den aodach agam, airson gum biodh e follaiseach nach robh càil falaichte orm. Bha agam ri dhol tarsainn air abhainn, ach cha robh e a' coimhead ro dhomhainn.

Bha mo chridhe a' dol na mo chom. Ge bith cò th' annainn, tha sinn ceangailte ri ar beatha. An robh mi ga shadail air falbh? Agus beatha nam mìltean de dhaoine eile nach robh beò fhathast? Gheibhinn a-mach an-ceartuair.

Choisich mi gu slaodach, a' seinn òran beag gum biodh fios aig daoine eile gun robh mi ann. Choisich mi tarsainn na h-aibhne agus a-steach gu dorchadas na coille.

Bha seo a' faireachdainn eadar-dhealaichte, agus bha mi cinnteach gun do dh'fhairich mi sùilean gam choimhead.

Bha frith-rathad ann a lean mi, feuchainn gun leigeil dhan anail agam ruith air falbh. Nam biodh cuideigin ag iarraidh cron a dhèanamh orm, bhiodh e cho furasta 's a ghabhadh.

Bha daoine air a bhith a' leagail nan craobhan a-nis, agus chunnaic mi iad air an losgadh, agus coltas gàrraidhean no lotan beaga ann an àiteachan. Bha daoine a' feuchainn ri rudan fhàs. 'S e comharra math a bha sin.

Thàinig mi bho dheireadh thall gu balla mòr fiodh, trì tursan nas àirde na duine. A' coimhead an-àirde chunnaic mi a' chiad bhoillsgeadh ceart de na Srainnsearan. Bha na h-aodainnean aca air an còmhdach, agus bha aodach borb orra, air a dhèanamh a-mach à craiceann bheathaichean. An siud 's an seo, bha nàdar clò gorm, ach chan fhaicinn mòran. Bha iad timcheall air an aon àird rium.

Chùm mi orm a' coiseachd, a' faireachdainn daoine a-nis air gach taobh dhìom. A' coiseachd air an socair. Bha mi dòigheil le seo. Bha e a' ciallachadh gun robh mi a' dèanamh na slighe agam, gu slaodach, chun nan daoine a bha cudromach. Dè dhèanainn an uair sin nuair a' ruiginn? Cha robh càil a dh'fhios agam.

'S e balla mòr a bh' ann, chithinn sin tro na craobhan. Ach an robh sin a' ciallachadh gun robh iad uile air taobh a-staigh sin, no an e rud a bh' ann airson stad a chur air an treubh eile faighinn chun na talmhainn aca?

Cha robh mi fhathast aig a' bhaile cheart nuair a thàinig loidhne de dh'fhireannaich thugam, na h-aghaidhean aca air an còmhdach. Stad iad air mo bheulaibh agus sheall iad dhomh gun robh claidheamhan agus sgeinean aca. Choimhead mi airson an duine no am boireannach as àirde nam measg, agus bho dheireadh thall choisich duine bho air cùlaibh na loidhne thugam. Bha mi air mo chuairteachadh.

Chùm mi a-mach na làmhan agam bho mo bhodhaig, airson gum faiceadh iad nach robh càil agam a dhèanadh cron orra. Dh'fheuch mi ri bhith a' coimhead cho càirdeil 's a b' urrainn dhomh. Chuala mi duine no dhithis a' bruidhinn air an socair.

Stad mi far an robh mi. Bha mi gan tuigse.

Dh'fheuch mi ri cluinntinn nas fheàrr, ach cha robh ann ach fuaim air uspag gaoithe.

Sheas am fear àrd air mo bheulaibh.

'Tionndaidh agus fhalbh,' thuirt e. 'Agus cha dèanar cron ort. Chan eil sinn gad aithneachadh. 'S e srainnsear a th' annad agus chan eil thu air càil a dhèanamh a nì cron oirnn. Ach tionndaidh agus fhalbh agus fàg sinn.'

Bha mi a' tuigse cainnt an duine. Chan eil fios agam ciamar, ach bha. Bha facail gu leòr nach robh mi a' tuigse, ach am fuaim agus na facail as cumanta, bha iad sin coltach ris a' chànan agam fhìn.

Dh'inns mi dhaibh an t-ainm agam—Maedb—agus gur ann à saoghal eile a bha mi, agus chuala mi fuaim am measg nan daoine mar shuail air tràigh. Chuala iad fhèin an t-aon rud, bloighean den aon chànan.

'Tha a' chainnt agad,' thuirt an duine. 'Ciamar?'

'Chan eil fios agam. Tha mi bho shaoghal fada air falbh bhon seo.'

Sheall mi dhaibh tatù a bh' air mo dhruim, a' seall tainn far an robh an saoghal agam. 'A bheil buntanas agaibh ris?' dh'fhaighnich mi.

Sheall an duine gu dlùth air an tatù.

'Chan eil mi a' tuigse ciamar as urrainn dha a bhith,' thuirt e.

Thionndaidh an duine ri càch.

'Ar piuthar,' thuirt e. 'Thoiribh dhi gach urram.'

Thionndaidh e air ais thugam.

'Bheir mi chun nan èildearan thu. 'S mathaid gum bi fuasgladh air na ceistean againn mar sin.'

---

uspag *breeze*
bloigh *fragment*

Thug e dheth an còmhdach a bh' air an aghaidh aige. Bha craiceann geal aige, falt dualach, sùilean gorma. Bha e coltach rium. Is e na h-aon daoine a bh' annainn, a bha tìm agus am farsaingeachd air sgaradh ann an dòigh air choreigin. Ach ciamar a dh'fhaodadh sin a bhith, chan eil fhios agam.

18

The Strangers tell her of the adversity their people have faced and the efforts they've made to survive. It is eerily familiar to Maedb, and she knows just how they must feel.

Dh'inns iad dhomh sgeulachd nan daoine aca.

'Thàinig sinn bhon phlanaid ghorm agus is e 'An Talamh' a tha air. Is e sin ar màthair agus thug i dhuinn gach nì, uisge ri òl, biadh ri ithe agus nuair a bhàsaich sinn chaidh sinn air ais gu dust.'

'Bha sinn mar rèis gu tric a' sabaid agus bha sinn a-riamh a' smaoineachadh gur e sinne na h-aon daoine sa chruinne-chè. Bha diofar dhiathan againne ann an diofar phàirtean den t-saoghal. Tha seo bho chionn iomadach bliadhna. Is ann nuair a chaidh sinn chun na planaid deirg a bha sinn a' comharrachadh a' chiad bheatha de Mhac-an-duine. Tha sinn a-nis air an deicheamh beatha de Mhac-an-duine, agus 's e seann, seann eachdraidh air a bheil sinn a' bruidhinn, toiseachd tòiseachaidh ar sgeulachd.'

Shuidh mi ann an cearcall le na h-èildearan, na h-aghaidhean aca rim faicinn a-nis. Gach pàirt den sgeulachd air innse le fear no tè eadar-dhealaichte.

'Anns na seann làithean, bha teicneòlas againn a bheireadh dhan ghealaich sinn, a dh'fhaodadh atam a sgaradh. Chuir sinn saidealan dhan adhar agus bha coimpiutairean làidir againn. Cha robh sinn fhathast air cuidhteas fhaighinn de ghalaran agus cha robh sinn beò fada.'

'Chaidh sinn chun na planaid deirge, oir bha feagal oirrne gum bualadh rudeigin ar dachaigh bho na speuran. Thachair aon turas gun tàinig leug-theine gu math faisg. Agus ged

---

leug-theine *meteor*

nach robh sinn deiseil air a shon, chuir sinn trì soithichean
ann, gus terra-foirmeadh a dhèanamh agus dàrna dachaigh a
dhèanamh dhuinn fhìn. Agus dh'obraich seo gu ìre.'

'Thàinig an uair sin Latha a' Bhreitheanais, nuair
a thuit rionnag chun na talmhainn agus thòisich an
Geamhradh fada far an do bhàsaich na beathaichean
agus a' phlanntrais. Airson bhliadhnaichean, chan fhacar
a' ghrian agus cha robh dòigh ann biadh fhàs ach fon
talamh. Agus cha robh gu leòr bidhe ann, agus 's ann a
dh'adhbhraich sin cogadh eile. Agus cha robh mòran bùrn
ann ri òl nas motha, agus chaidh na h-àireamhan againn
sìos gu mòr.'

'Agus 's ann a dh'aontaich na riaghaltasan gu lèir gun
cuireadh iad na b' urrainn dhaibh de shoithichean air
falbh gus planaidean eile a ruighinn, gus Mac-an-duine a
chumail gun a dhol à bith. Agus is e sin a rinn iad, agus
thairis air beagan bhliadhnaichean thachair dà rud. Dh'fhàg
na b' urrainn gus planaidean ùra a ruighinn agus beatha ùr a
lorg, agus bhàsaich na daoine a bha air fhàgail air an talamh
agus 's e fàsach a bh' ann.'

'Agus bha sin bho chionn fhada, agus is 's mathaid gur
e sin na daoine a thàinig chun an t-saoghail agad agus a
chruthaich e, oir tha e follaiseach gur e Mac-an-duine a
th' annad, bho do choltas agus do chainnt, agus tha fadachd
oirnn cluinntinn mar a thachair dha na bràithrean agus
peathraichean againn air an turas a rinn iad.'

'Agus dh'fhàg iad sinne air an cùlaibh air an Talamh. Is
e na Seòid a tha aca oirnn, agus bha sinn beò fon talamh
air a' phlanaid ghorm, a' fàs na b' urrainn dhuinn fo
thalamh gus sinn fhèin a bhiathadh. Agus bha aon obair
againn ri dhèanamh, is e sin a dhol a-mach a-rithist dhan
fharsaingeachd nuair a bhiodh an saoghal a-rithist deònach

---

breitheanas *judgment*
fàsach *desert*
seòd *hero*

ar gabhail air ais, nuair a bhiodh na cuantan a-rithist ciùin, agus lusan a' fàs.'

'Agus bha sinn beò iomadach ginealach ann, cho fada ri na gràinnean gainmhich a lorgas tu air tràigh. Gus bho dheireadh thall chunnaic sinn le ar sùilean flùr a' fàs na aonar anns an talamh. An talamh a bha air a phuinnseanachadh, oir bha iomadach tubaist ann nuair a bhuail an leug-theine sinn, agus leig sin iomadach nàdar truaillidh dhan èadhar agus dhan uisge, a bha sinn a' cleachdadh gus cumhachd a chruthachadh dhuinn fhìn.'

'Agus bha fios againn gun robh an t-àm air tighinn gus a dhol a-mach dhan fharsaingeachd gus ar teaghlach a lorg. Chaidh faisg air a h-uile duine air na soithichean, deich soithichean. Ach cha deach leinn, agus chaill sinn, tha sinn a' smaoineachadh, na naoi eile. Agus cha robh ann ach sinn fhìn air fhàgail, agus landaig sinn an seo, air saoghal a tha beag air bheag gar marbhadh, le creutairean a tha gar n-iarraidh marbh. An soitheach briste. Agus gun dòigh air innse dha na daoine a dh'fhalbh gum faod iad tilleadh dhachaigh.'

'Is e briseadh cridhe a th' ann.'

Chrom iad uile na cinn aca.

Sheall mi air na daoine seo agus lìon mo chridhe le truas. Bha fios agam mar a bha iad a' faireachdainn. 'Cuidichidh mise sibh. Cuidichidh mise sibh gus faighinn dhachaigh,' thuirt mi.

19

The old legends from her home planet make sense now. She can see that the Strangers are suffering so she promises to help them, and to attempt to reconcile the two tribes. The Strangers give her access to their vessel, and at last she is able to assure the safety of her children and the future of her people.

Bha fios agam a-nis gur ann bhon chiad siubhal sin a thàinig na daoine agam, agus gun robh a' phlanaid ghorm anns na seann sgeulachdan às an tàinig na diathan fìor. Agus gur e daoine coltach rium fhìn a bh' anns na diathan a bha air saoghal ùr a lorg dhaib' fhèin, dìreach mar a bha mise a' feuchainn ri dèanamh an-dràsta.

Chuidichinn iad. Ach dh'fheumadh iadsan mise a chuideachadh cuideachd. Chithinn gun robh iad caran bochd. Cha robh an saoghal seo air a bhith furasta dhaibh a bhith beò ann, agus bha rudeigin ann a bha a' toirt buaidh air a' chloinn aca, gan dèanamh tinn.

Smaoinich mi gur mathaid gun robh an treubh eile cuideachd bhon t-seann saoghal. Ged nach tuiginn an cànan aca, bha iad coltach gu leòr. Ach am biodh iad air atharrachadh uiread thairis air na linntean? An robh iomadh rèis anns a' chruinne-chè air nach robh sinn eòlach?

Dhùisg iad na h-innealan a bh' aca dhomh, trì dhe na biastan meatailt a bha 'd air feuchainn ri cleachdadh gus an soitheach agam a dhraghadh air falbh. Choisich mise air am beulaibh, le timcheall air fichead dhe na h-èildearan, còmhla chun na h-aibhne far an robh crìoch na talmhainn aca. Thuirt mi riutha nach srucadh duine annta, gur e mise an ceann-cinnidh agus os cionn nan daoine uile.

Choisich mi nam measg, ann an sàmhchair, ged a bha a

h-uile duine bhon treubh agam air tighinn a-mach gus na
Srainnsearan fhaicinn.

Thuirt mi ris an treubh agam gun robh iad air falbh leis
a' chlann-nighean oir cha robh fios aca mar a bhiodh iad
beò air an talamh seo. Agus gun robh gach urram aca dhan
chlann-nighean. Dh'inns mi dhaibh na fhuair mise a-mach,
agus dh'eadar-theangaich mi nuair, bho dheireadh thall, a
bhruidhinn iad ri chèile. Thigeadh a' chlann-nighean air ais
nan togradh iad.

An dèidh dhomh bruidhinn ri na daoine agus ceistean sam
bith a bh' aca a fhreagairt, chuir iad na h-innealan meatailt
dhan uisge. Bha na daoine ann an deiseachan sònraichte a
chleachd iad airson a dhol air taobh a-muigh an t-soithich
san fharsaingeachd, is mar sin dh'fhaodadh iad anail a
tharraing fon uisge.

Chaidh iad uile a-staigh fon talamh dhan talla-cloiche, far
an robh èildearan gach treubh. Bhiodh fois air an t-saoghal,
bha 'ad ag ràdh. Chuidichinn gus soitheach nan Srainnsearan
a chàradh, agus dh'fhalbhadh iad gu saoghal eile. An oidhche
sin, bhiodh seinn agus danns ann.

Bha iad air an soitheach agam a thoirt suas a-nis agus bha
fadachd orm faicinn dè bha air fhàgail. Bha sìol nan daoine
agam air bòrd, is bha am beul-aithris gu lèir, eachdraidh
agus gach rud prìseil aig na daoine agam ann. Bho dheireadh
thall fhuair mi air bòrd agus cha mhòr nach do bhris mo
chridhe le toileachas nuair a chunnaic mi gun robh an ulaidh
sin fhathast ann.

'S mathaid gun robh eòlas nan daoine agam fhathast le an
fheadhainn eile, an luchd-siubhail eile, a chaidh a-mach, ach
cha b' urrainn dhomh a bhith cinnteach. Bha an rud prìseil
seo agam, chithinn e agus chluinninn e agus thug sin nàdar
fois dhomh.

Chuir mi seachad leth-latha a' dèanamh cinnteach
gun robh an soitheach slàn, a' ruith dheuchainnean agus

---

ulaidh *treasure*

a' cleachdadh clò-bhualadair airson pàirtean a dhèanamh a bha feumach air ath-nuadhachadh.

Sheall mi cuideachd air an sgainear agam, agus chunnaic mi gun robh mi ceart. Cha do smaoinich sinn air daoine leis an aon DNA rium a lorg, sin an t-adhbhar nach do mhothaich an soitheach gun robh daoine air a' phlanaid.

Bha fios agam gun robh pàirtean mòra den phlanaid seo bàn, gun duine beò ann. Ach bha mise ag iarraidh barrachd na sin. Bha an treubh agam airidh air sin, an dèidh na thachair.

Lorg mi Aithne ann am meadhan na h-oidhche agus thug mi dhi pìos pàipeir le mapa air. Thuirt mi rithe a bhith ann leis a' chàraid agam, na naoidheanan, an ath oidhche aig meadhan-oidhche.

Bha iad uile ann am meadhan gnàthachadh air choreigin. Cha robh sabaid ann agus bha an dà thaobh rèidh, ged nach robh an t-aon chànan aig mòran dhiubh, bha a-nis a' chlann-nighean fileant' sna dhà. 'S mathaid gun robh uimhir a thoileachas ann air sgàth 's gun robh na Srainnsearan a-nis a' smaoineachadh gum faigheadh iad air cumail orra leis an turas aca dhachaigh.

Sgèith mi an soitheach a-null gu far an robh soitheach nan Srainnsearan.

Bha iomadach ginealach bho nach robh soitheach nan Srainnsearan air a bhith ag obair, ach bha iad air dèanamh cinnteach nach robh feur a' fàs air, gun robh a h-uile nì mar bu chòir. Chithinn àiteachan far an robh iad ag adhradh timcheall air an t-soitheach. Agus a-nis bha iad a' smaoineachadh gun robh an duine air tighinn, an duine a leigeadh dhaibh a dhol dhachaigh. 'S beag an t-iongnadh gun robh uiread earbs' aca annam. Cha mhòr nach canadh tu gun robh e an Dàn, nam biodh tu a' creids' anns an leithid.

Bha dithis dhaoine ann nuair a chaidh mi air bòrd, ach fhuair mi rids dhiubh an dèidh beagan ùine. Bha an obair

gnàthachadh *ritual*

a bh' agam ri dèanamh, thuirt mi, cho teicnigeach nach dèanadh iad stem dheth. Bhithinn cuideachd a' dol a-staigh a chùiltean beaga far nach robh rùm ann ach airson aon duine. Chaidh iad air ais gu doras an t-soithich, brònach gun robh iad a' call na bha dol leis an treubh eile.

Ann an aon de na cùiltean beaga seo, lorg mi sgrion a bha ceangailte ris an t-siostam gu lèir agus fhuair mi air fhosgladh leis an inneal a thug mi leam. Bha iomagain orm nach biodh ceangal sam bith eadar an teicneòlas againn, ach gu fortanach bha mi ceàrr. Aig a bhunait bha an t-aon rud—binearaidh. Aon agus neoni.

Air an sgrion agam, thàinig dealbh an-àirde de chearcall gorm, leth talamh, leth bùrn. An saoghal. Mar nach robh fear eile ann.

Thug an t-inneal a-staigh am fiosrachaidh gu lèir air far an robh a' phlanaid. Bha grian faisg air làimh agus naoi planaidean anns an rian-ghrèine. Planaid dhearg ri taobh leis an ainm Màrs agus gealach bheag mar saideal dhan phlanaid. Bha i brèagha a' coimhead, innis-fàsaich ann am meadhan na doimhneachd, soilleir agus bàigheil.

Fhuair mi na bha a dhìth orm agus dh'fhàg mi. Thuirt mi ris an dithis gun robh agam ri pàirtean a phriontadh anns an t-soitheach agam, gun toireadh e dreis mhath sin a dhèanamh. Dh'fhuirich mi gus an do dh'fhalbh iad, cha robh iad fhèin airson but dhen phàrtaidh a chall, no an t-sabaid nam b' e sin a bha fa-near dha daoine.

Shuidh mi anns a' chathair a-rithist. 'S e an t-aon rud a-nis a bha dhìth, gun robh Aithne air dèanamh na thuirt i.

Dh'èirich an soitheach agam dhan adhar agus thionndaidh mi i gus an robh soitheach nan Srainnsearan air mo bheulaibh. Bha dà ghunna air an t-soitheach agam, agus diofar armachd eile.

Loisg mi air agus mhill mi an soitheach eile ann an dòigh nach deigheadh a chleachdadh a-rithist. Bha mi air bhìoras a chur air a' choimpiutair aca agus ann am beagan mhionaidean cha bhiodh fiosrachadh air fhàgail air. Cha bhiodh fios aca càite fon ghrèin a bha an saoghal aca.

Cha robh mi a' faireachdainn dona gun do rinn mi seo. Os cionn nan uile bha agam ri dachaigh ùr a lorg dha na daoine agam. Ge bith dè bh' agam ri dèanamh.

Chuala mi fuaim peilearan a' bualadh an t-soithich agam. Bha mi air sgàird a dhèanamh den t-soitheach eile agus stad mi a' losgadh a-nis, a' cur suas an raon-chumhachd timcheall air an t-soitheach agam fhìn. Ach ro anmoch chunnaic mi a' ruith thugam, aon de na h-innealan aca—bha aon den dithis a bha air bòrd air a chur air.

Bha e luath agus mun robh fios agam, bha grèim aig an inneal air aon de na sgiathan agam. Bha e trom agus airson diog bha a chasan air ais air an talamh agus bha e a' feuchainn ri mo dhraghadh sìos. Ach an àite feuchainn ri faighinn air falbh, thug mi air neart an t-soithich gu lèir dhol air ais agus bhris sinn ann an dà leth e.

Bha daoine eile a-nis a' tighinn faisg, a' feuchainn ri grèim fhaighinn air an t-soitheach agam, ach bho dheireadh thall fhuair mi dhan adhar. Chuala mi an doilgheas, an rànail agus fios aca nach e mise an tè a bha a' dol gan sàbhaladh idir. Gur e mise a bha a' dol a chur crìoch air an t-saoghal aca. Bha feadhainn a' feuchainn ri cur às dha na teinntean air an t-soitheach aca, bha feadhainn eile nan suidhe anns a' chlàbar, beatha air a dhol asta agus an saoghal aca air chall.

Cha robh beatha sam bith an seo a-nis dhomh. Mharbhadh iad mi nam faigheadh iad grèim orm. Bha mi dìreach an dòchas gun seasadh an soitheach agam ri a bhith a' fàgail na h-iarmailt.

Sgèith mi gu taobh thall na coille, far an robh Aithne agus a' chlann agam a' feitheamh. Chunnaic mi air an talamh daoine a' feuchainn ri mo leantainn. Chan e na h-innealan biastail ud na h-aon rudan a bh' aca. Cha bhiodh ach diog agam a' chlann a thogail, nan deigheadh agam air idir.

---

doilgheas *grief*

20

Aithne is waiting for her with the children, as instructed. Getting them on board is dangerous with the Strangers in pursuit, and she has to make a ruthless decision if she is to escape.

Ràinig mi an t-àite agus bha Aithne ann leis a' chloinn, ach gu mì-fhortanach cha mhòr nach robh na Srainnsearan cho luath rium.

An robh e ro chunnartach? Bha fios agam nach bu chòir dhomh, nach robh e sàbhailte gu leòr, ach chuir mi an soitheach sìos air an talamh. Bha Aithne a' ruith a-nis cho luath 's a b' urrainn dhi, ged a bha an dithis bheaga ga cumail air ais.

Dh'fhosgail mi doras an t-soithich agus air a socair, thug Aithne na pàistean dhomh. Cho luath 's a dh'fhairich mi an anail air mo ghruaidhean, bha fios agam gun do rinn mi an rud ceart, ged a bha e cunnartach.

'Cuidich mi gus faighinn a-staigh,' dh'èigh Aithne. Chithinn daoine a-nis a' tighinn faisg. Ach an àite a bhith a' gabhail an làimh aice, dh'fhairich Aithne sgian gheur a' dol eadar dà aisean. Thuit i chun an làir.

Cha robh rùm ann dhi. Bha mi duilich, ach cha robh rùm ann dhi.

Thug mi m' fhacal dhaibh. Bha agam ri na daoine agam fhìn a dhìon. Ge bith dè bha sin a' ciallachadh.

---

aisean *rib*

21

Maedb and her children prepare to leave the planet's atmosphere, ready to find a new world to call their own.

Bho dheireadh thall, bha an soitheach agam àrd, àrd anns an adhar. Bha mi a' dèanamh deiseil gus an iarmailt aig a' phlanaid ud fhàgail, agus bha mi airson làithean a chur seachad leis a' chloinn agam mun caidleadh sinn uile air an t-slighe chun na planaide guirme.

An saoghal.

Dachaigh ùr nan daoine againn bho dheireadh thall.

Tha Comhairle nan Leabhraichean taingeil do Sandstone Press agus do dh'Alison Lang, an deasaiche aca, airson nan dusan nobhaileagan Gàidhlig tha iad air leasachadh gu sònraichte airson dheugairean agus luchd-ionnsachaidh inbheach. Tha an sreath Lasag air aire an luchd-leughaidh a ghlacadh, a' tàladh leughadairean nas farsainge na bhathas an dùil, agus tha e air cothrom a thoirt do sgrìobhadairean ùra sa chànan.

Chaidh Lasag a chruthachadh mar thoradh air fìor dheagh cho-obrachadh, agus tha Comhairle nan Leabhraichean airson togail air a' mhodail làidir seo gus sgrìobhadh a leasachadh san àm ri teachd.

Rosemary Ward
Ceannard
Comhairle nan Leabhraichean

The Gaelic Books Council is grateful to Sandstone Press and their creative editor Alison Lang for rising to the challenge of developing a series of twelve Gaelic novellas that specifically target Gaelic teenagers and adult learners of the language. The Lasag series has captured the attention of a readership much wider than the intended target audience and has provided a springboard for a number of exciting new Gaelic authors.

Lasag has been an extremely productive collaboration and the Gaelic Books Council is now looking forward to building on this strong writing model in the future.

Rosemary Ward
Director
Gaelic Books Council

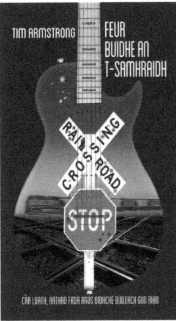

TIM ARMSTRONG

FEUR BUIDHE AN T-SAMHRAIDH

RAILWAY CROSSING ROAD

STOP

CÀR LUATH, RATHAD FADA AGUS OIDHCHE BHUILEACH GUN RIAN

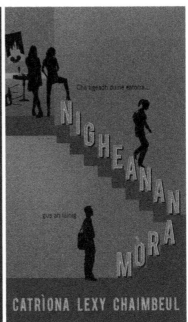

Cha tigeadh duine eatorra...

NIGHEANAN

gus an làinig

MÒRA

CATRÌONA LEXY CHAIMBEUL

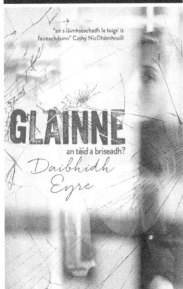

"air a làimhseachadh le tuigs' is faireachdainn" Cathy NicDhòmhnaill

GLAINNE

an tèid a briseadh?

Daibhidh Eyre

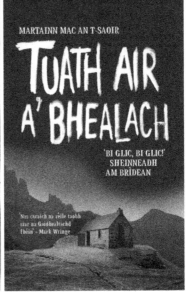

MARTAINN MAC AN T-SAOIR

TUATH AIR A' BHEALACH

'BI GLIC, BI GLIC!' SHEINNEADH AM BRÌDEAN

'Nas caraich na rèile taobh siar na Gàidhealtachd fhèin' – Mark Wringe

'Siubhlach, inntinneach,
sachraidheil agus smaoineachail'
Mairead NicLeòid

An Creanaiche

Màiri NicEachairne
&
Ruairidh MacIlleathain

MAIRIDH RÙN·DÌOMHAIR

An aithnich
thu fìor
charaid?

'furasta a leughadh
agus gad ghlacadh
bho thùs'
Debbie NicAoidh
(Bannan)

ALISON LANG

CHO SNOG 'S A THA THU

MÌCHEAL KLEVENHAUS

'nobhail ùr iomraiteach'
Dòmhnall Uilleam Stiùbhart

An Uinneag
don Iar

NA THA A H-UILE
DORAS GLAISTE
NAD BHEATHA
FEUCH UINNEAG

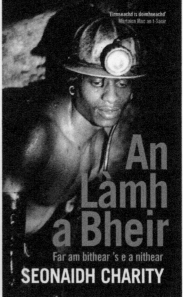

'Eirmseachd is doimhneachd'
Màrtainn Mac an t-Saoir

An Làmh a Bheir

Far am bithear 's e a nithear

SEONAIDH CHARITY

MEALLADH BEAG, DÙRIS MHÒR

MAUREEN NICLEÒID

BANAIS NA BLIADHNA

"Leabhar cho bìbhinn 's a leugh mi sa Ghàidhlig"
CATRÌONA LEXY CHAIMBEUL

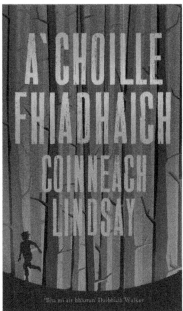

A' CHOILLE FHIADHAICH

COINNEACH LINDSAY

'Bha mi air bhioran' Daibhidh Walker

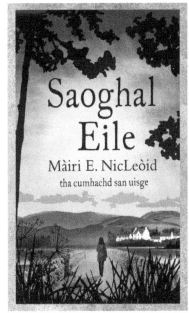

Saoghal Eile

Màiri E. NicLeòid

tha cumhachd san uisge

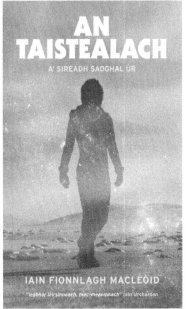

AN TAISTEALACH

A' SIREADH SAOGHAL ÙR

IAIN FIONNLAGH MACLEÒID

"leabhar lèirsinneach, mac-meanmnach" Iain Urchardan